更好的我们会在未来相遇

甜白酒 著

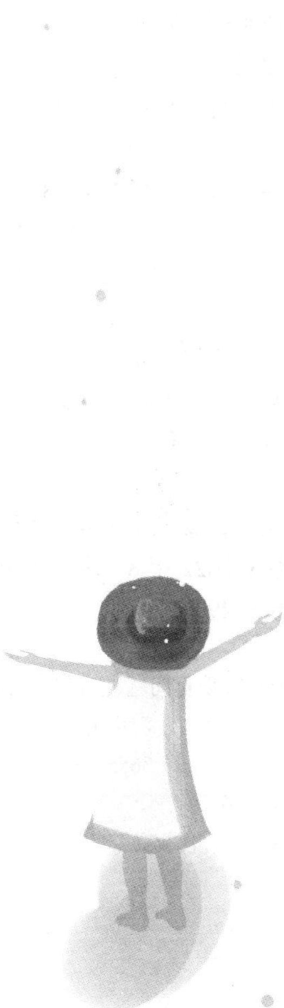

天津出版传媒集团
百花文艺出版社

图书在版编目（CIP）数据

更好的我们，会在未来相遇 / 甜白酒著 . -- 天津：百花文艺出版社，2022.8

ISBN 978-7-5306-8300-2

Ⅰ . ①更… Ⅱ . ①甜… Ⅲ . ①散文集－中国－当代
Ⅳ . ① I267

中国版本图书馆 CIP 数据核字（2022）第 073724 号

更好的我们，会在未来相遇

GENGHAO DE WOMEN HUIZAI WEILAI XIANGYU

甜白酒　著

选题策划：王　欣
责任编辑：刘佩莲
装帧设计：武　艺
出版发行：百花文艺出版社
地址：天津市和平区西康路 35 号　**邮编：**300051
电话传真：+86-22-23332651（发行部）
+86-22-23332656（总编室）
+86-22-23332478（邮购部）
网址：http://www.baihuawenyi.com
印刷：三河市龙大印装有限公司
开本：787 毫米 ×1092 毫米　1/16
字数：180 千字
印张：12
版次：2022 年 8 月第 1 版
印次：2022 年 8 月第 1 次印刷
定价：49.80 元

如有印装质量问题，请与三河市龙大印装有限公司联系调换
地址：河北省三河市泃阳镇兰各庄村
电话：（0316）3655788
邮编：065299

前言

“追星赶月莫停留，平芜尽处是春山。”

光阴荏苒。对个人成长、亲密关系、为人处世等人生课题，我逐渐有了自己的认识，并尝试用文字表达。

全书收录了我 19 岁至 23 岁期间写的 48 篇文章，11 万字左右。在分类整理和校对时，我并未多加修改，表述虽然稚嫩，但足够真诚。这是自己青春的见证，也是这个年纪最真实的声音。

26 岁，我回头看来时路。

我笨拙、莽撞、不合时宜；也积极、热忱、满怀期待。曾在忙忙碌碌中焦虑，在困顿挫败里迟疑，在自我拉锯时情绪万千，但从未退缩。

低调地迎接成长的阵痛，慎重地做出节点的选择，然后坚定地走下去。时至今日，我始终深深感恩所有际遇和一路走来的自己。

奢想万事胜意，是人的天性。那些乏味的、心碎的、难熬的时刻，未必都值得感谢，但都要正视。是所有的经历，成就了现在的自己，包括好的和不好的。

要总结，要优化，但不要否定来路。

人生的长河经得起波折。

流过的眼泪是成长的洗礼。

世界足够波澜壮阔，没有河流会真正干涸。

更好的我们，会在未来相遇。

“我与我周旋久，宁作我。”

闲情偶寄，日常随笔，愿以岁月为笺，以山河为笔，写给世间所有的离散和相遇。

希望我的文字，能够带给你些许温暖、启迪和力量。

人与人之间，传递光亮的时刻最动人。

谢谢你阅读我的书。

甜白酒

2022 年 1 月　昆明

目录

写给十八岁的自己：我在未来等你

亲爱的十八岁的你：

见字如晤。

晨光熹微。想和你对话，是因为十八岁这个年龄节点有独特的意义，就我国法律而言，你正式成为一个成年人。

从今往后，你就要全责书写自己的人生了。

什么样的一生才是真正的好呢？

哭过，笑过，迷茫过，失落过，委屈过，在寂静的夜晚思考过。

我看到，你在不甘中踌躇满志，也在懒惰中挣扎迟疑。可是呀，想与命运较量得游刃有余，怎么能不努力？

“万里寻山，历百艰而无悔。”

保尔·柯察金说：“一个人的生命应当这样度过，当他回首往事的时候，不会因虚度年华而悔恨，也不会因碌碌无为而羞愧。”

你读《资治通鉴》《红楼梦》《夜航西飞》《行者无疆》《三体》……隐隐想寻一个人生谜底。书中自有古今中外无数故事，励志而热血。你羡慕那些跌宕起伏的人生，充满故事、丰盛热烈。

可是，总有一天他们也会垂垂老矣、不敌时光的侵蚀而离去，也会面对衰老和死亡。万卷诗书，说不尽人生道理，解不清世间谜题。

那么，人活一世，究竟是为了什么？

年少时，你在随笔本上写下自己的答案，时至今日，此心不改：

> 当岁月的车轮轧过鲜活的肉体，鲜活的肉体抛下喧嚣的尘世离去，自此世间不再有你，任凭万千繁华精彩，所有爱恨痴嗔，全都付诸一炬。不会再有人记得你。你就像天地间一蜉蝣、沧海中一粟；就像一颗草籽，随风扬起，随风而去，落入尘埃。谁会记得一颗草籽呢？大概只有草籽自己会记得，在风决定自己方向的时候，自己曾以渺小的力量为心之所向争取过；大概只有草籽自己会记得，这个世界，我来过，我爱过，我抗争过。
>
> 人活一世，是为了给世界留下些痕迹吧，让生命有个来龙去脉。
>
> 不要白白活一场。

明明还有那么多想法，明明还有那么多期待，为什么不去努力实现？尽管不是每个人都能成为左右天下大势、在时代的风口开创历史的人，但你可以把握自己的命运，可以让这个世界因为自己的存在变好一点点。

我们每个人都可以成为一个更好的自己，不同的是有的人做了，有的人没有。我希望你是前者。

希望有一天，你是真实而踏实的行走者，去思考，去关注，去努力，去争取，去给予，去爱！

很多个回忆片段，那些难熬的时刻，我多想隔着时光，抱抱你。可是终究却只能看着，任你孑然一人走下去。

人生，终究是一个人的远行。

纵然如此，仍请不要悲观。

请相信，那些你觉得隔着千山万水雾里探花般遥远、模糊的未来，那些你担忧、焦虑、迷惘、不安的层层考验，随着时光一帧帧铺陈开来，迎面而上时，其实并没有那么艰难。

请相信，你想要的，都在未来等你，等你满身风雨、热情洋溢地奔去。

你说，要加油。

我说，是的。

谢谢你曾经这么努力，我会继续加油。

我在未来等你。

第一章 爱上亲爱的自己

一、成为你真正期待的自己

生如涉川，我们皆是生命的信徒。

前路漫漫，山高水远，愿你我始终对自己赤诚，不枉此生。

1

“选金融类的专业好，以后就业面广。”

“我看不如学医，工作稳定体面，又是实打实的技能。”

到了麦子高考后填报志愿的阶段，刚到他家，就看见麦子爸妈和几家亲戚围圈坐着，正热火朝天地讨论报志愿，分析选学校、选专业。可真正的主角高考生麦子反倒一言不发，待在圈外一脸作壁上观的模样。

“哎，你自己怎么想的呢？”我见状小声问他。

“我喜欢……”麦子神色亮了一下，片刻又重归沉寂，“算了，反正也是听爸妈的。”

后来好多个时候，我都会回想起这一幕。每每麦子抱怨大学学习、生活各方面，长吁短叹时，我都会想起那天麦子那“算了，反正也是听爸妈的”的一脸认命和顺从。

麦子后来的不快乐和不如意，和父母帮其做下的每个选择本身的优劣利弊无关，而仅仅在于那不是他自己的决定，所以他永远都无法避免自己去反复假设当初，尤其在遇到不顺时，这种假想便滋生着无尽的懊恼和痛苦，也诱发着和父母的争吵冲突。

我们有很多这样的人：十八岁，顺从父母的意见选择大学和专业；二十二三岁，顺从父母的想法选择考研或者考有编制的工作；二十六七岁，顺从父母的期待和各个熟人介绍的异性相亲；二十八九岁，妥协于父母的担忧和一个看似还行的人结婚；三十岁，因为父母的心切选择要孩子……他们未必发展不好，未必没有爱好，很多时刻都在零零碎碎地抱怨后悔，却又亦步亦趋"循规蹈矩"地走下去。

在父母期待的目光中负重前行，一边不甘埋怨，一边疲倦维系。

可是，人生的下半场父母无力再指示时，又当如何？

何况，这样的人生是你真正想要的吗？

你甘心吗？快乐吗？

2

追求活出真实的自我，还是努力满足别人的期待？

我很喜欢的书《无声告白》的封面上有一句话："我们终此一生，就是要摆脱他人的期待，找到真正的自己。"这便是我的答案。

这本书讲了一个引人深思的故事：

莉迪亚是一个普通家庭的十六岁女孩。父亲是中国移民的第二代，聪慧而努力，但由于种族问题一直无法真正融入白人社会，常常受到排挤，他一直在努力寻求认同感，由此期望他的孩子，能很好地融入人群。母亲是单亲家庭长大的白人姑娘，优秀而勇敢，梦想着成为一名女医生，因怀孕耽误了学业，故试图逃避家庭主妇的生活，但最终不得不又回归，由此将自己未实现的梦想，寄托在了女儿身上。后来，在沉重的期待下，莉迪亚选择了自杀。

所有自杀都有着他杀的踪迹，是期待杀死了这个女孩。

这样的故事很熟悉——转移愿望和强加期待，即把自己未成的意志强加在孩子、伴侣、弟妹、朋友等其他人身上。

如果被期待者与期待者志趣相同，自然是一大幸事；倘若不是，这份期待就会成为被期待者生命中难以承受之重。

无形中，被期待者渐渐被限制了自由选择的空间，被剥夺了自由选择的权利，受束缚于种种。

我们都一样，自出生起，便被寄托了无数“期待”和“爱”，成长中还会面临更多的“关怀”“建议”。有人深爱你，有人厌弃你，但无论别人是怎样的出发点，都不足以让你顺从和受影响。请记得，这一生，我们是要为自己而活。

我们要挣脱“他人”对自己意志的绑架和束缚，追寻真正的自我。这个“他人”，包括父母、恋人、朋友等所有人，以及传统思想观念、社会价值取向等无形的宏观概念。

无论“他们”多么重要，多么尊贵，多么权威，你都要勇敢地忠于自己。

这不是刚愎自用。可以欢迎别人提建议，可以见贤思齐、择善而从，这是值得提倡的优点，但最后做决定的必须是你自己。

毕竟，人生这条路得你自己走一辈子，阴晴寒暑，跌宕起伏，都是你自己一人承受。又怎能将一生命运托于他人？

3

对自己最高阶的爱，是真正懂得自己。

对人生最本质的认真，是努力成为你真正期待的自己。

书写自己的人生，就是一个不断为自己做选择，并且为自己的选择负责的过程。

那我们要怎样做呢？

首先，了解自己。

学会和自己对话，问问自己：喜欢什么，不喜欢什么；想要什么，不想要什么；在意什么，不在意什么……不要受限于外界的声音和他人的目光，也不要只是为了显示自我而故意和外在的意见唱反调。我们的想法和外在的意见，或许相同，或许相反，或许类似，都很正常，只要是当时当下经过认真思考的理性抉择，那就坚持。

其次，勇敢去憧憬、尝试与承担。

憧憬是有力量的，就像远方的太阳，指引着我们向未来奔去。意识可以反作用于物质，对自己的期待可以鼓舞着我们去行动。我们要敢想敢尝试，不要自我设限，不要预设不可能。

村上春树在接受采访时，曾提到自己走上小说家之路的开始：一个晴朗的午后，村上春树在观看棒球赛时突然冒出一个想法："没准我也能写小说。"赛后他就立即坐电车去买了稿纸和钢笔，开始了每天抓住天亮前的几个小时写作的日子。如果当初他冒出想法后是告诉自己不可能，又怎么会有后来的文学成就？

每个大大小小的选择，都影响和决定着我们的命运。很多人害怕做决定，其实就是不敢承担其可能的后果。可是，与其顺从他人而日后不时后悔，不如自己认真选择并勇敢承担。即便尝试后一无所成，至少没有遗憾。掌控自己的人生，总好过活在外界的声音和目光里，而辜负了自己。

最后，马上开始。

很多事，拖着拖着就废了，等着等着就晚了。趁热情依旧，趁勇气未消，迈开第一步，便是阶段性的胜利。不迟疑，不拖延，不徘徊。决定了，便义无反顾。

改编自斯科特·菲茨杰拉德小说的电影《返老还童》中有这样一段话："做你想做的人这件事，没有时间限制。只要你愿意，什么时候都可以开始。你能从现在开始改变，也可以一成不变。"

不如现在就开始，雕琢你想要的样子。

时至今日，我已离开校园进入职场摸爬滚打，回想起十七岁时的高考报志愿，我依旧可以坚定地笑着说："那年选择了母校，这是我一生的骄傲。"

并不是一路走来事事如意、轻松顺遂才不怨不悔，而只是因为这是我为自己做出的选择，那么，往后一切——风雪或彩虹、清贫或富裕、苍凉或炙热、崎岖或平坦，悲欢离合，忧喜逆顺，我都甘愿承担。

我感谢命运的馈赠，结识了一群朝夕相伴、并肩而战的兄弟姐妹；也感激命运的磨砺，在体测、安保、联考以及繁重工作等未曾预料的考验下，我不断成长，更加坚韧。

我珍视人生的每一个选择，也珍惜随之而来的酸甜苦辣，这些都是无可替代的我的人生。

往后余生，也依旧是不回头地走下去。

人生最真实的圆满，是成了你真正期待的自己。

愿你我无畏外界的声音，无惧将来，朝着自己真正想要的未来奋力奔去，得偿所愿。

愿你我不负此生。

二、爱自己，是一生浪漫的开始

木心说：“一个人到世界上来，来做什么？爱最可爱的、最好听的、最好看的、最好吃的。”

爱，多美好。爱自己，是最美好。想到自己值得这世间最美好的珍视，就觉得暮春时节满天绚烂的花都落入怀中来。

往后余生，请全力以赴爱自己。

1

初春的北京，晚风清冽。

阿寻兜兜转转，哭着跑到什刹海，料峭春寒里，衣裳单薄地蜷在摇曳的小船上，天色空蒙，水波迤逦，远山如黛。任风光百般好，阿寻却无心看。

伤心啊，为什么倾尽全力的爱情却难得善果？那么喜欢他，竭力对他好，帮他买早餐、洗衣服、查资料，熬夜陪聊，天冷送奶茶、天热送冰沙、节日送礼物……放下自己的事，百般取悦，只为博君一笑。到头来，他却是越发心安理得，冷漠、过分、怠慢。也曾以为是他性格被动清冷，直到看到他对另一个女孩嘘寒问暖，才惊觉自己像个笑话，原来冷淡不过是因为不爱。心上人，伤人心。

委屈啊，为什么掏心掏肺的友情会尽是伤害？那么真挚坦诚，体贴照顾，怕影响室友就调整自己作息，想学习时违背本意答应她们玩乐的邀约，主动帮忙取快递、打热水……无数次妥协和帮助，却换来她们认为的理所当然，甚至背后把自己推心置腹的隐私作为谈资。曾以为自己真诚对人，别人即便不回报以同样的真诚，至少也是感激的、尊重的，到后来才发现对方只是享受你给予的价值，还觉得你愚蠢、可笑、卑微，以心交心不过是一厢情愿。

明明付出了那么多，多少次牺牲自己的时间精力去满足别人的意愿；明明已经很努力了，却是如此结局。像拼命想握住流水的孩子，最后却只能徒然看流水自顾自去，无能为力。

小心翼翼倾尽真心，劳心劳力迎合取悦，为何到头来，却是受尽辜负满心伤痕？华灯初上，十九岁的阿寻在清冷的夜色里，凄凄切切，泣不成声。

2

为什么我总是不快乐？

亲爱的，因为你不够爱自己。

很久之后，阿寻读到陶立夏写的一句话："只有努力过才知：喜欢一个人，仅凭努力，怎么足够？"

泪如雨下，思绪蹁跹。大概所有的人际关系都是如此，一味倾尽全力的牺牲付出，并不能得到对方同等的珍惜和重视，反而，捧上真心那刻，你为鱼肉，人为刀俎，只能愿赌服输。

唾手可得的，往往显得廉价。你不断退让，不断妥协，一味迁就迎合他人，对方并不会感激，反而会觉得你可以将就，又怎么可能对你珍而重之。

尼采说："一个人必须先学习如何爱自己，这样，一个人才能与自己安然相处而不致在外流连。"

阿寻阿寻，你寻啊寻啊，流连在外寻求着认可珍爱，你踮着脚努力想以满足每个人的意愿换真心相待，却忘记了爱自己，忘记了那个佯装无坚不摧压抑着满腔期许的自己，也是需要爱护的小孩。

你在意他人胜过自己，一颗真心频频遭受轻贱，失望那么多，委屈那么多，怎么会快乐？

亲爱的，在意你的人，无须你如此辛苦去讨好；不在意你的人，何必如此卑微去迎合？

爱自己，珍惜自己，才是这一生最重要的事，才会真正的快乐。

3

认识自我，是爱自己的首要课题。

摩西奶奶说："爱自己就一定要认清楚真正的自己，不要抬高自己，也不要看低自己。"

一路上，我们的认知在不断地深化和丰富，不应只是对外界，对内的是更重要的。

苏格拉底说："认识你自己。"老子说："知人者智，自知者明。"可见真正地认清自己是非常重要的。

清醒客观的自我认知，可以帮助我们在做人生决策时降低错误率和受伤害的概率。如果我们高估、低估、误解自己，那么我们因决策不当风险的增加势必更容易陷入纠葛和痛苦。

不要通过想象认识一个人，包括自己。我们的思维像是带着滤镜，难以客观分析自己。

不要依赖别人的嘴巴认识一个人，包括自己。每个人都是独立的个体，别让那些外界的眼光和他人意志束缚了真实的自己。这一生，我们会有很多角色。你首先是你自己，其次才是别的什么人。

你看，我首先是我自己，其次，我才能是他人的女儿、姐妹、亲友、恋人、同学、同事等。我得首先对自己负责，才能对别人负责；得先爱自己，才能去爱别人、爱世界。

我们真正认识自己，才知道自己真正要什么不要什么，才知道怎样去最恰当地爱自己。

4

悦纳自己，与真实的自我温暖相拥。

当我真正开始爱自己，我连那内里难以启齿的脆弱和不堪都热爱。我愿意充分地了解自我，理解自我，接纳自我。

很多时候，我们矛盾而别扭，自负又自卑，抵触全然快乐包容地接受真实的自己，也许是因为学习成绩不满意，或是颜值身材不理想，或是睡觉打呼噜磨牙之类的小私密……我们因为这些小小的“不圆满”而敏感，别人或切实或夸张，或善意或恶意地对待，都会极大影响我们对自己的评价，甚至，我们期待着通过别人的眼光和言行找寻对自己的认可，以证明自己是美好的、值得被爱的。

我们通过一定的坐标系，定义自己的相对位置。就像我们往往通过世俗的衡量标准，量化评价个体，学历、工作、家庭、身高、颜值、伴侣……世俗经年累月而来，自有其陈旧之处，我们也可以抛开这个坐标系啊！换个参照物，对比自然就随之改变。这也意味着，我们在某些人面前自惭形秽、局促不安时，不要急于否定自己、批判自己，并非我们真的很差，也可能只是参照对象太优秀而已。看得清自己，欣赏自己的优势，也包容自己的缺陷，并勇于去做想要的优化尝试，不畏惧坚持，不害怕改变。

“梅须逊雪三分白，雪却输梅一段香”，梅与雪，不完美也无损其美，反而因个体的多样性，这世界才如此缤纷。

这世界永远有难以望其项背的别人，我们无法成为更好的别人，可是，我们可以做更好的自己呀。

当你真正开始爱自己，你对自己的评价将不再依赖他人的评价和与他人的比较，你将有着根植于内心的自信，温厚而包容，坦然而笃定，健康而积极。

我没有精致的五官，没有完美的身材，没有傲人的履历，也不是卓尔不群的女孩，才华有限，交际简单，甚至有些不合时宜的笨拙。但我想要做这样的女孩：即便没有世俗认可的好看皮囊和有趣灵魂，也能坦然自信，大大方方，一个无论何时何地，都能够热烈爱着真实的自己，并敢于去成全自己的人。

我不是完美女孩，爱吃爱笑，会哭会闹，迷糊而清醒，柔软而刚强。可是这样的自己，如此鲜活，我多么喜欢啊！

5

善待自己，别辜负最值得珍爱的你。

你是自己是最忠实的伙伴，漫长一生，不离不弃。取悦他人，不如善待自己。

健康生活，照顾好自己的身体。熬夜上网，眼睛酸痛还一直陪着暧昧的人聊天；暴饮暴食，因为别人的言行心里不舒服而情绪性进食；久宅不动，沉湎于不良情绪而自暴自弃……快清醒一下，怎么可以这样对自己呢？还有更美好的世界等着我们去拥抱呀！保持良好而充足的睡眠，健康而适量的美食，适度的运动，规律的作息。良好的体质和体能是战斗力的保证，强壮的肉体才能更好地陪伴我们的灵魂披荆斩棘。

遇事心宽，学会与内心的另一个自己化解干戈。人生总难事事如意，心里别扭时，为外界伤怀时，要找到适合自己的情绪宣泄方式，学会自我救赎。曾经见过这样的女孩子，因为男朋友移情别恋而想以伤害自己的方式来报复男友、缓解痛苦，多么让人心疼。傻姑娘，他不珍惜你不代表你不好，错过的人都不是对的人，伤害自己不过是亲者痛、仇者快、漠视者无所谓，最好的报复是淡漠和放下，扬起你高傲的下巴过得更好，你值得被更好地珍爱。内心有个小人不停在自我怀疑，满满的不甘心和痛苦。此时，运动、睡觉、唱歌、写作、倾诉……都是健康的宣泄方式，不压抑，不沉湎，拒绝用极端的方式伤害自己，停止用不愉快的情绪来惩罚自己。没有非做不可的事，没有非爱不可的人，愿有前程，也有退路。

目光长远，为自己做最好的选择。有一次过敏时，我很想吃医生叮嘱忌口的食物，心心念念，夜不能寐。假如让自己吃，会获得一时的欢愉，却会付出伤害身体的代价；假如不吃，一时不得满足，但长远看是对自己最好的选择，于是在纠结中忍住了。很多事都是这个道理，比如该学习时放不下手机，该放弃糟糕的关系时不忍心分手……眼下做了容易的选择，长远看或许是给自己设坎。善待自己，不是一味满足自己，而是要理性地为自己做出好的选择。

人生一世，草木一秋，时光并不漫长，珍惜每时每刻善待自己。

作家王尔德说过："爱自己是终生浪漫的开始。"

宇宙星罗，山河远阔，万家灯火，你是唯一。

全世界唯一的你，往后余生，请好好爱自己。

三、戴好皇冠，做自己的女王

亲爱的姑娘，唯愿你不要辜负自己，默祷你不负此生。

1

柠檬姑娘上学的时候，很多人说："女孩子读太多书没什么用的……女孩子天生不如男孩，学不好数理化……"

柠檬姑娘工作的时候，很多人说："女孩子干吗那么拼，干得好不如嫁得好。"

从小到大，柠檬姑娘做得不好的时候，人家说："女孩子就是不行。"做得好的时候，人家就说："一个女孩子，做得好也没什么用。"

柠檬姑娘结婚了，丈夫是很有经济实力的商人，婚后她顺从公婆的意愿做起了全职太太。一日，因为想带自己从未出过远门的父母去旅游，柠檬姑娘和丈夫发生了争执，情绪激动口不择言："你出去！"丈夫也气冲冲地说："房子是我的，房子里哪一样东西不是我的，你出去！"柠檬冲出家门才发现自己来了例假，跑到临近的商店买卫生巾，准备付钱时，发现自己出门太急没带手机和钱包，再一想自己能花的钱也是丈夫给的，眼泪一下子哗啦哗啦掉下来，"那一刻，我真的感到了前所未有的屈辱。"

嗯，她说的是"屈辱"。

其实我也不想写这样的故事，我更喜欢才子佳人终成眷属或者励志女孩光芒万丈的圆满。如此悲凉的故事，我还是忍不住写了下来。

因为我见过太多这样的姑娘，她们曾处于或正处于或还将处于这样的境地——或从小被灌输着"女孩天生比男孩差劲"的观念，或教育上得不到和同家族男孩同等的重视和对待，或刚刚毕业就被催促早点结婚、三十岁之前生孩子，或经济上完全依附于男人而在家庭中无话语权……或者诸多情况兼而有之。

也许有人觉得夸张，可是在很多地区，性别问题仍然明显，很多女性都是在压抑的环境中成长。也会有人问我是不是女权主义者，我很诧异，我只是崇尚公平正义。

我们大多数人往往能意识到，性别问题关乎就业歧视、薪酬不公、教育不平等、家庭暴力甚至性侵，而在我们不甚了解的世界很多地方，性别歧视却是致命的。《天空的另一半》一书作者提道："比如，每四分钟，一名印度小女孩死于性别歧视；每十秒钟，世界某处有一名女孩被强制切除外阴，而且大多没有打麻药。"

我想要呼吁人们关注性别问题，更现实的是希望在安宁稳定的社会中长大的女孩们都不要辜负自己，有机会为自己的人生抗争一下是何其幸运，在你我不知道的角落，很多女童早早被剥夺了这样的机会。

我并不是批判相夫教子的全职太太生活，也不是鄙夷女性以结婚生子衰老为主题的一生，只要这是基于其本人内心真实想法，每个人都有权选择自己想要的生活方式，都值得尊重。

成功学过于鼓吹努力改变命运的美好愿景，我绝对相信努力的意义，当然也不忽视出身、家庭、时代、环境等对命运的影响。不过在这样社会相对安定的时代，一味抱怨客观却不思进取是很没出息的。

十八岁之前的命格是父母给的，十八岁之后的人生是自己书写的。

2

成为你自己。

美国人本主义心理学家罗杰斯有一本书 *Becoming A Human Being*，意思是"成为一个人"。他说的"To be yourself"，即我们常说的"成为你自己"，我想这不只是一个心理学命题，这还是人生。

从古至今，总有许多人给女性画了许多条条框框，这些条条框框把女性局限其中。古有三从四德，今天也有许多有形无形的模式化"期望"，诸如"女孩要早点结婚生孩子，做贤惠的妻子、智慧的母亲"，却鲜有人关心这个女孩自己想要怎样的生活。

很多时候，很多女性终其一生，不过是活成别人觉得她应该活成的样子，何其悲哀。

西蒙娜·德·波伏娃在《第二性》中写道："女性是第二性，是排除在男性以外的'他者'。权力归于男性，女性仅仅是附庸。附庸的庇护来自权力，歧视也来自权力。"这是不公平、不正义的。这个现状的背后自是有复杂的历史因素和社会因素。

我想传递的是：

女孩子一定要独立——经济独立，人格独立，情感独立。

有一期《金星秀》有个小片段很动人：金星问当时还没离婚的杨幂："如果你想给爸妈买一套房子，你会和刘恺威商量吗？"杨幂回答说："不会，因为我买得起。"

首先，经济基础决定上层建筑，经济独立保障人格独立和情感独立。我主张无论选择什么样的生活一定要有经济能力。钱不是万能的，但在社会医疗保障体系还不够强大的今天，我们总要有一定能力应对未知的风险。意识到要为自己而活后，还要有能力为自己争取想要的生活。其次，世界很大，生活不只有爱情，不要把喜怒哀乐和希望寄托在别人身上，安全感永远是自己给自己的。你有权利为自己的人生做出选择，同时也有义务承担这个选择带来的后果和风险，比如自己选择了传统平凡的生活就不要抱怨平淡无趣，选择了一线城市打拼就不要抱怨太苦太累。是的，不要抱怨，尝试通过努力让一切变得更好。

我知道，你一定不想自己的每个想法都得小心翼翼看人脸色，你想给予父母好的生活，也想要平等的感情和公正的对待，你有自己的想法和想要的生活。那些憧憬和期待，要自己争取。现实的羁绊太多，需要有强大的内心和足够的实力去应对。

亲爱的，你不是任何人的附属。

3

没有人可以局限你，除了你自己；没有人可以成全你，除了你自己。

曾听过这么一个小故事：希拉里与时任美国总统克林顿一起到酒店出席宴席，总统座驾到酒店时，有一男子趋身为希拉里开车门，该男子恰好是她的初恋情人。克林顿看到打趣说："你看你嫁给我多幸福，当上了总统夫人，如果你当年嫁给了他……"希拉里不甘示弱抢着说："我嫁给谁，谁就是总统！如果我当年选择了他，他现在就是总统，而不是你。"

何等自信，何等气场。故事的版本很多，主题大致相似，展示着优秀女性的气场和魅力。不论其真实性，我欣赏这样的女性，独立、自信、优秀。

再说民国时期的张幼仪，出身良好，但不得丈夫徐志摩的爱，在徐志摩的坚持下离了婚。之后，曾被丈夫视为旧式女子的她留洋读书、教学、开公司，成为当时有名的女企业家。每当看到她的故事，就觉得心疼，这么好的女子也受尽了婚恋的苦。却也觉得欣喜，虽然曾被辜负，但她这后半生终是自己成全了自己，成为传奇。

“愿你自强到无须有人疼有人宠，却依然幸运到有人疼有人宠”，是多么理性美好的祝福。

你富贵，我不必自卑高攀；你贫困，我们不至于潦倒。

无论如何，我都有和你并肩而立的勇气、风雨同舟的信心。

不至于因物质的窘困而放弃一段感情，因经济的考虑而将就一份婚姻。

“我有面包，你予我爱情就好。”

我会期待有山可靠、有树可依，会期待你逆风而来有貔万乘却以三军之气护我安好。即使没有，我也不惧，我自己也可执剑策马、开疆拓土、活得漂亮。

亲爱的姑娘，不要害怕。你还年轻，你的人生才刚刚开始。

戴好皇冠，昂首向阳，不卑不亢，活成你想要的模样，做自己的女王。

四、走出自卑困局，遇见未知的自己

命运不止布局残忍，也同样施予温柔。经历的暗淡不过是敞亮人生的一小段，眼前的困局不过是一个小小的关卡，走下去，才能看见未曾预料的好风光，遇见未知的自己。

请相信，你已然很好，只是还可以更好而已。

1

双双把新拍的艺术照发给我看，想请我帮忙挑一张用以发给男友作聊天背景图。

照片里的姑娘柳腰花态，身姿婀娜。我选好一张后忍不住羡慕：“双双，身材太好啦！”

“你不知道，漫长的青春期里，我都为胸大而自卑，真的。”双双良久后才回复，

“所以才导致现在还有些难纠正的驼背。”

或许是和遗传有关，初中时，双双的胸部便发育良好，在一众清瘦的女孩里很显眼。尤其是课间广播体操和体育课跑步时，因为胸部的明显晃动，总会有旁人戏谑。双双从原本的不在意，到难为情，后来越发敏感。

就这样，比同龄女孩更早更快地发育，让青春期的双双总是为饱满的胸部而羞涩，这份羞涩逐渐在外界的眼光和声音里沦为沉重的负担，痛苦、羞耻和自卑。

缺乏性教育的年代，少男少女们对身体的审美和认知还未真正建立。男孩子们毫无收敛的目光、玩笑和口哨声，女孩子们的议论和问询，或好奇，或无意，或戏谑，都像铅块一样投在双双心上。

双双越来越沉默寡言，总是偷偷穿很紧身的内衣束胸，终日穿宽大的校服，走在路上刻意弓腰驼背，想让自己尽量像其他女孩一样不被关注，遇到喜欢的人想看他一眼却只能远远躲开。

自卑的人往往敏感，旁人轻飘飘划过的目光，都会在其心上投射出担心弱点被嘲笑的阴影。

深陷“长胖先长腿，减肉先减胸”困扰的我，听到此处，真想插科打诨几句：“啊，上苍啊，让我来替你承受这份瘦而丰满的负担吧！”

说笑后，心里隐隐酸涩。认真讲，我真的特别理解双双的心情。

因为，我也曾自卑过。

2

我因为胖自卑过。

我的胖啊，不是那些体重不过百的女孩们或追求更好看或撒娇等以夸奖而自称的胖，是扎扎实实的圆滚滚肉乎乎的胖。

你看，我现在可以坦然地直白陈述，可以随时随地拿自己说笑，也完全不介意别人开玩笑，同事大哥叫我“小胖妹”也开开心心觉得很亲切，是因为我早已过了那个阶段。

但在那个时候，是真的自卑哪。

有人说，不好看的人是没有青春的。其实，好看是个偏主观难界定的词，没有青春也说得偏颇了。每个人都是有青春的，只是不好看的人可能会走得更艰难一些，尤其是胖的人。

即便可能没有什么实实在在的阻碍，自己的心理障碍也特别多。

大三的时候，我们有一门课是水上救护，得穿泳衣在游泳馆上课。那是北京供暖最充足的深冬，新建的校游泳馆的暖气充足，暖和得穿短袖稍微动动都会出汗。第一节课时，我换好泳衣后纠结了10分钟，才裹着宽大厚实并且遮到膝盖的冬大衣和阿袁跑出更衣室去泳池边集合。老师诧异一问，我故作认真地说了谎："我……我怕冷。"哪里会冷呢，做准备活动时我已热得满身大汗。

那个时候，其实已经离自己沉溺自卑的阶段过去很久了，喘着气擦汗时，我才意识到自己除了害羞，还是会有点对暴露脂肪的介意，仿佛看到过去那个因为胖而自卑的自己坐在角落，隔着经年光阴望向我，目光柔弱，湿漉漉地，手足无措。

较幸运的是，我一路遇到的人都很好，善良而温厚，在我最自卑敏感的岁月，幸免被嘲弄和歧视，收获到珍贵的善意，我一直深深感激。加之我向来是蛮钝感的一个人，对偶尔的恶意缓慢感知也让我规避了很多凌厉的风刃，所以胖胖的我能幸运地在温暖里成长。

尽管如此，仍旧是发自内心的不自信，那种自卑不是旁人温暖的安慰和鼓励就可以消弭的。

3

心理学家阿德勒说："我们每个人都有不同程度的自卑感，因为我们都想让自己更优秀，让自己过更好的生活。"

很久后，我发现，青春期的少男少女，普遍有着隐秘的自卑。即便长大成人了，很多人也仍旧会为各种各样的原因自卑，而这份自卑很多时候和个人是否优秀无关。

某段时间一篇题为《我上了985、211，才发现自己一无所有｜或者，也不能这样说》的文章引起热议，作者樊悦书自述是一个从"一个电影院都没有的小县城"考入有名的衡水一中，再考入复旦大学的女孩，进入大学后，她非常自卑，对于自我认同感到无力。有人指责她是名校生的矫情做作，其实作者描述的心路历程很真实，也体现出很大一个群体初入大学的状态。

寒门学子努力进入名校，发现在更大的平台上评价体系多元，不再唯成绩论，很大程度由出身决定的见识、人脉、品位和处世等方面，不是个人努力就可以很快提升赶上的，看到那么多“生在罗马”的同学，无力感油然而生。憧憬未来，又毫无底气。

有人因为外在自卑，或脸上的痘痘雀斑，或四肢的汗毛，或眼睛小，或平胸，或胖等；有人因为个人能力自卑，或学习成绩，或收入职称，或特长爱好等；有人因为出身而自卑，或经济窘迫，或农村户口，或单亲家庭，或遗传病史等；有人因为人际关系自卑，或不合群，或大龄单身，或感情不顺……你看，或大或小，或多或少，方方面面都有人在意计较，画地为牢。

时时惴惴不安，难以真正悦纳自我。遇到机会，不敢争取，不敢尝试，害怕人言，害怕失败。

自卑心态的负面影响，在撞上爱情的时候，体现得淋漓尽致，左顾右盼，坐立难安，低落恐惧，自我怀疑，没完没了。

即便是有人真诚地奉上真心告诉你“你很好”，也忍不住迟疑，总觉得自己不好，不够好，不值得这份情深义重的喜欢。

我也好想站在你面前，大大方方地说：“好喜欢你啊。”可是，我做不到。

时隔经年，坦然一笑，错过的爱情和爱人，祝你幸福。

4

纠正认知偏差，悦纳自己。

自卑困局无解吗？当然不是。

我们之所以自卑，本质上是因为我们对自己的认知有偏差，而不是因为我们不好。

认真分析，你会发现，很多人自卑的点并不一定是不好的。有些自卑点本身就不存在好不好之分，比如，性别、身高、单身与否等。

很多时候，换个视角，我们自卑的点很可能也是别人深深羡慕的，甚至可能是某种意义上的优势。

你看，A 为自己个子小自卑时，B 也正为自己个子高难找男朋友苦恼；C 为大龄未婚自卑时，D也正为糟糕的婚姻痛苦后悔；E为父母文化水平低而在同学中抬不起头时，F也深深羡慕其家庭团圆……你羡慕别人时，别人也在羡慕着你。你为之自卑的，也可能是别人求而不得的。

我的朋友双双就是在某日突然发现，满大街都是整形隆胸的广告，瞬间心疼起漫长青春里为丰满自卑的自己，终于坦然，走出了青春的阴影。

我们因为各种因素，很容易对自己某方面介意。当我们自我认同感低时，又容易因为外界的评价定义自己。综合融汇的自我认知往往容易偏差，在这份偏差里，我们抵触真实的自己，别扭又悲伤。

唯有建立强大而客观的自我认知，真正悦纳自己，才能平和而幸福。

5

积极调整状态，优化自我。

的确，我们自卑不是因为我们不好，而是因为认知偏差。但是，除去首要的纠正认知偏差，优化自我也是很重要的。

并不是说一定要好到什么程度才能自信，而是在我们努力提升自己的过程中，我们会感到自己对人生渐强的掌控力，这种感觉会给予我们积极的正向反馈，从而更从容、有底气。

当我们更优秀时，也会更多地收到外界的积极反馈，这可以强化我们的自信。尽管我们主张不要被别人的评价左右，可人是环境的产物，难免会受外界影响，那不如适度吸收积极反馈，以增强自我认同感。

扎扎实实地努力吧，提高成绩、考证、学新技能、健身、阅读、实习等，什么都好，不要作茧自缚于自怨自艾就好。

在我坦然悦纳圆滚滚的自己后，也曾尝试减肥，不再是因为自卑，而是全新的心态——我想试试不一样的自己。当我开始规律生活、适度运动、平衡饮食时，我看到日渐匀称的自己，尽管我依旧不是那种瘦瘦的女孩，可是我越发深爱着这个心态平和且积极快乐的自己。

穷，可以努力挣钱；丑，可以学美妆穿搭；成绩差，可以努力学习；想脱单，可以优化自己的同时主动社交……你瞧，生活从来没有绝境。

你尽可以哭，可以宣泄情绪，可以稍作停歇，但是你不能后退，不能自暴自弃，要向前走，走下去。

量变到质变需要能量的积蓄，岁月不会辜负你的努力。终有一日，你想要的自己，会在汗水里渐渐明晰。

举步维艰时，多想想未来的美好；

妄自菲薄时，多想想自己的期待。

请自信、坦然、笃定地迈开脚步，走出自卑困局，拥抱更好的自己，遇见未知的美丽。

笑一笑，走下去，让我们把一路的风霜雨雪，酿成晴朗，在岁月山河间闪闪发亮。

五、我才二十多岁，为什么总怕来不及

岁月无垠，浮生有尽，哪里有那么多等得起？多的是来不及呀。不愿渲染、传递焦虑，只为警醒。

避无可避，不如勇敢向前。

岁月不许凡人追悔，你知道的啊。

1

近日，我去医院探望横遭车祸的吴叔叔，一到医院，吴阿姨第一句话却是说：“果汁，这个事你千万别告诉小南，她自小没经历过什么人事……唉，你要是能劝就劝劝她早点找个工作吧。”

我安抚着阿姨点着头，心中一阵酸涩。

相识多年，早知悉基本情况。小南是吴叔叔家中独生女，二十七岁，一年前研究生毕业于帝都某“双一流”高校，当初因为害怕工作后直面社会压力，选择二战考了研，研究生毕业后害怕变成为“柴米油盐”奔波的“俗世人”，便选择追寻诗与

远方来一场“间隔年”，带着父母永远会转上充裕金额的银行卡，跑各地旅游去了。

吴叔叔是个白手起家的生意人，吴阿姨是全职太太，家里光住宅类房产便十多处，在我们这样的三四线小城绝对是家境殷实。自小衣食无忧、父母开明的小南，向来是崇尚享乐当下。

“你没看人民网的公众号都发文说了‘除非宇宙爆炸，地球毁灭，战争爆发，而你时日无多，否则，一切都还来得及’，我才二十多岁，我们家又不是没过温饱线，干吗要怕来不及？”我微信小心翼翼问她要不要考虑工作时，她噼里啪啦回了我这么一大段。

其实近年，她家境早已不如往日，吴叔叔先是遭遇投资诈骗损失数百万元，后又因投资不利欠下大笔债务，加之大笔借款迟迟未还，卖房还债后，年近六十岁的老两口对生意已有些力不从心，供应女儿如以往的花费也很是勉强，昔日的光鲜今已显落寞。

而对千里之外的女儿，老两口是向来报喜不报忧，小南哪里知道这些呢？

吴叔叔还在重症监护室，吴阿姨蜷坐在墙角，满脸倦容。

医院走廊的灯在白昼如此刺眼，我一低头，啪地掉下泪来。

那些自己在外求学的岁月，父母是不是也曾瞒着我度过很多艰难的时刻？

那些我幻想着来日方长的静好岁月，父母又背负了多少呢？

2

我才二十多岁，我真的怕来不及。

所有的鸡汤都在质问我：“古有，刘备二十八岁还在卖草席，黄忠六十多岁才成为五虎上将，姜太公八十岁才遇见周文王；今有，离异女星梅根三十六岁和哈里王子订婚，摩西奶奶八十岁办个展。你才二十多岁，为什么怕来不及？”

我害怕，怕三十岁有羁绊，怕四十岁有顾虑，怕五十岁没精力，怕六十岁没欲望。

我害怕，年岁虚长，身无长技，空有一身疲惫。

我也怕自己并没有漫长的一生可以挥霍，明天和意外，谁说得准哪个先来？

坦白说，我最怕的，是我爱的人和爱我的人可能等不起啊！

我见过这样的小孩，满脸憧憬地期待长大后挣钱带老兵出身的爷爷去一趟北京，看看天安门，可是还未等他成年，八十多岁的爷爷便年迈离世了。

我见过这样的年轻女孩，初入社会，积蓄无几，在医院的长廊尽头失声痛哭，面对至亲重病，自己的经济实力难以负担手术、住院、照顾一系列花费，“我真的好怕因为自己的无能让父母少活几年，会愧疚一辈子啊。”

我见过这样的年轻男孩，有相恋多年的女孩，不敢结婚，漂泊在北上广深或省会、沿海打拼，想要努力赚钱给喜欢的人一个未来。为了省钱，小病不敢就医，困倦不敢懈怠，还没小有所成，疲于奔命间爱情已经凋零。

我见过这样的夫妻，正常结婚生子，孩子成长得很快，随之需要的资源愈增，从坚信“有情饮水饱”而盲目扎进婚姻的池塘，到被现实缺钱的旋涡卷入疲惫的深渊，只是因负担日常开销、赡养老人、养育孩子的资金需求，已远远超过工资上涨速度，负担沉重，焦虑渐生，感情日渐消磨。

比起人生里追悔莫及的重大遗憾，好像年幼时等不到有钱买心爱玩具、年少时等不到心动的人喜欢自己、读书时重要的考试成绩不够理想、就业后等不到涨工资等的缺憾，根本不值一提。

我害怕自己的增值速度赶不上物价、房价的上涨速度，害怕自己的学习速度赶不上世界变化、科技发展的速度。

更重要的是，我害怕自己的成长速度，赶不上父母至爱衰老的速度。

即便排除意外因素，假设上苍给予我们时间充裕的一生，可是，你最珍视的那些人，真的未必有足够时间能等到你羽翼丰满、实力雄厚的那一天。

3

“逝者如斯夫，不舍昼夜。”

你看啊，时间匆匆。

并不是想渲染和传递焦虑，我只是想强调珍惜和努力。

因为害怕来不及，所以活在当下，珍惜每分每秒，真诚地回馈每一份爱和善意。

因为有所期待，所以脚踏实地，每一天都扎扎实实地努力。

比起因为眼前的害怕惊慌而逃避，更痛苦的一定是终身的遗憾自责。

小南或许还没做好承担更多家庭责任的心理准备，可是家里的现实情况不会再给她更多时间了。

于是，我偷偷给小南打了电话："小南姐，你们家里最近好像有些麻烦，先回来一趟帮帮忙吧。"直到她应允"好"并说好时间、订好机票，我才松了口气。

我们总是要长大呀，跌倒也要奔跑，哭泣也要生存。

我才二十多岁，我害怕来不及，所以才更珍视虔诚地对待每一天。

还有那么多期待，还有那么多向往，没有什么可以让我退却。

未来总会来，退无可退，不如向前一步。

且以朱光潜先生座右铭共勉：

"此身、此时、此地。"——凡此身应该做而且能够做的事，决不推诿给别人；凡此时应该做而且能够做的事，决不推延到将来；凡此地应该做而且能够做的事，决不等待想象中更好的境地。

做事，不急功近利，也不怠惰因循。

做人，不杞人忧天，也不得过且过。

二十多岁的我们，请珍惜当下，厚待至爱，勇往直前。

"我生待明日，万事成蹉跎"。

桑榆非晚，只争朝夕。

六、是啊，我喜欢钱

艰难地打完这个标题，我花了好几天时间。

其实吧，才思敏捷的我，扭扭捏捏那么久，反复删删改改，绝不是没时间或者没灵感，说到底只不过缘于心底的别扭。

多日来迟迟没有下笔的纠结和犹疑，直观体现了，这么多年来，要我十分清醒且绝对坦诚地承认"我喜欢钱"，太难了。

1

周末和妈妈去逛商场，妈妈看中了一条裙子——尽管她始终没说，可我看得出来。

妈妈拎着衣架对着镜子比画着，左照右照，我说："咱们不赶时间，进去试试嘛。"

妈妈穿上这条裙子确实很好看，材质、裁剪无可挑剔，袖口、裙角等细节也处理得很精致。

"请问打折吗？"妈妈小心翼翼地问店员小姐。

"不好意思，我们品牌不打折的。"店员小姐职业化地笑着回答。

"也不是很喜欢，再考虑考虑好了。"妈妈说着，走进试衣间去换下来。

我瞬间鼻子一酸，有些几近失控的泪腺上涌。

我知道，她一定是看了吊牌上的价格觉得太贵了，舍不得。

因为是成年人，因为是父母，因为生活的重担和育儿的压力，所以当初那个可爱率真的小姑娘，那个喜欢花裙子和一切美好事物的小姑娘，早在很多年前就学会了若无其事地压抑自己的喜欢，平淡不惊地撒谎。

记事以来，妈妈的消费观很传统，崇尚节俭，认为"钱要花在刀刃上"。想来是源于早年家境贫寒，万般艰辛。但艰难如此，她始终尽己所能给予我和姐姐更好的教育。虽然在父母的踏实努力下，我们家现在是不愁温饱的普通家庭，经济条件能承受这样一条普通品牌正价的裙子，可是妈妈依然舍不得。

帮妈妈把裙子挂回去的瞬间，我迅速瞟了一眼，默默记下这条裙子的牌子、款式和尺寸。

2

钱是万能的吗？

不是。

那缺钱会怎样？

很艰难，有时候甚至会绝望。

碌碌奔忙人群里，有很多这样的人：

因为没有足够能力养活自己、抚养孩子而迟迟不敢离婚，在痛苦的婚姻中委屈挣扎的女人；

谈婚论嫁时因经济问题而分道扬镳的情侣；

因为没有钱给孩子提供学区房、兴趣班等更好的教育资源和机会平台，甚至不得不为生计外出打工缺席孩子成长的内疚的父母；

初入职场积蓄无几，却遭遇父母重病或意外，急需大笔治疗费用和长久不菲的后续支出，无力中被内疚和绝望侵蚀的子女；

…………

人世如一棋局，谁又能置身于外？

这是他们的困局，也是我们的难题。

如果你没有经历过天不亮就挑着瓜果翻山去市集售卖补贴家用的童年，没有经历过寒冬深夜建筑工人浇灌混凝土的辛劳，没有经历过异乡谋生交完房租想加个肉菜都要犹豫再三的心酸，没有经历过因为物质贫瘠生存艰难而放手的爱情，那么就请别轻飘飘地说钱不重要。

年轻的时候，父母强调"千万不要嫁不务正业、游手好闲的男人"或"千万不要娶懒惰贪婪、虚荣攀比的女孩"，母亲买菜为了几毛几块钱砍价半天，父亲反复建议你找个收入稳定的工作。

你觉得他们真是庸俗、市侩、功利，张口闭口都是钱，你觉得理想应该是高贵的、感情应该是纯真的。你只是不知道他们一路走来经受着现实多么冷漠的刁难，涉世未深的你哪里知道世事的无常、生活的艰难。

金星曾经说过一段被热转的话：

"等我女儿长大了，我会告诉她如果一个男人心疼你挤公交，埋怨你不按时吃饭，一直提醒你少喝酒……请不要理他。然后跟那个可以开车送你、生病陪你、下班接你……的人在一起。我们都已经过了耳听爱情的年纪，所以要么给我爱，要么给我钱，要么给我滚。"

亦有人不断论述"最好的爱情是势均力敌，失衡的感情难以长久"。

你看，没有足够的经济实力，连坦然赤诚地去爱与被爱都显得有些力不从心。

衣、食、住、行、就医、学习、生育、抚养、赡养……日常生活尚且离不开足够的经济条件，何况是你憧憬的优质生活？

你看，人生大多数困难，可不就是缺钱吗？

有人说："钱可以解决人生 90% 的问题。"如果可以减少 90% 的苦恼，那已然多了很多快乐了。

高晓松这类人一眼就可以望到"诗和远方"，他们的出身、家世、资源等非普通子弟可及，他们完全没有生存的经济压力。

可是，房贷车贷、京东白条、蚂蚁花呗得还，医疗、养老、教育尚未全免费，住房也没实现按需分配。

那么，怎么能相信钱不重要呢？

现实终究会告诉我们，钱不一定能解决所有困难，但缺钱一定不能解决大多数困难。

3

从小到大，我们接受的正统教育赞扬和推崇淡泊名利、安贫乐道、无私奉献、不慕荣华等高贵品质和高尚情操。仿佛各行各业的模范人物，不仅要能力卓越，还一定要清贫艰苦、物质生活匮乏，这样才是正确的、光荣的。

于是，隐隐误以为金钱是邪恶的、不好的；

于是，害怕承认自己对金钱的认可、需要及欲望；害怕别人给自己贴"物质""拜金""虚荣""庸俗""功利"这样的标签。内心的骄矜和清高，哪里承受得住这样一个词的讽刺。

就这样，人生多了好多纠结和别扭：

"明天要去相亲，我都不知道该不该问对方的经济状况，好怕人家说我拜金。"

"去公司面试，只敢说出低于市场行情的薪水预期，生怕公司觉得我眼里只有钱就不要我。"

"不敢找朋友要债，他不主动还我都不好意思去要，怕人家说我吝啬、抠门、斤斤计较。"

"周末和节假日我都在做兼职，攒生活费和学费，其他同学偶然知道了都嘲笑我财迷心窍。"

…………

可是，你知道，明明不该是这样呀。

4

是啊，我喜欢钱。

作为有志向的青年，是时候矫正金钱观、承认金钱的意义了。

我们喜欢钱，是因为我们想要更好的生活。

足够的金钱，意味着应对风险解决困难的实力，意味着安身立命的能力，意味着听从内心追求热爱的条件。

毕竟，有实力，才有选择的权利。

后来，我用兼职、写稿攒下的些微收入，偷偷买下妈妈喜欢的那条裙子，撒谎“换季打折”送给她，看到她的惊喜时，觉得这就是努力的意义。

我想要做那种很酷的女孩子，有能力做自己想要的选择，过自己喜欢的生活，帮我爱的人实现小愿望，带给闺密惊喜，坦然地被爱，有能力仗义和潇洒。

思及二十岁时虔诚写下的期待：“我更希望能够保障父母老年的生活、衣食、医疗、娱乐无忧，能够满足自己想要的衣食商品，有经济实力抵御一家人可能面临的未知风险，看得起病，受得起波折，有余力行善事，不必因经济条件之困而放弃一段感情，不会因经济能力之窘而疏远一群挚友。”

此时此刻，此心不改。

你看，很多时候，很多人，对钱的欲望不是源自虚荣，而是对美好生活的朴素向往，是责任在身的勇敢担当。

年轻的时候坦坦荡荡、努力工作、踏实挣钱，总好过虚度年华，老来一无所有、穷困潦倒。

5

坦然地面对自己的欲望，踏踏实实努力，开源节流，积累储蓄。

当你告别脏乱差群租房，选择窗明几净的住处的时候；

当你不用再纠结人均消费，可以随意吃喜欢的美食的时候；

当你可以去到任何想去的城市旅行，而不是只能看别人的游记失落的时候；

当你无须因为经济的窘迫自卑，而是可以坦然自信地拥抱爱情、经营生活的时候；

…………

你会觉得，这是多么美好又骄傲的事啊！

你心怀憧憬、踏实努力的样子多么美。

君子爱财，取之有道，有何不可？

七、你野心勃勃的样子，真好看

愿有不惧消磨的热忱。

愿义无反顾奔向明天。

1

“女孩子不要有太大野心，不好找对象的。”

杏子研究生毕业这一年，二十五岁，刚从读书的北京回到家乡所在的省会城市，摩拳擦掌准备拼一拼事业。

可是每每和家里通电话，父母都是三句话不离催恋催婚：“你都快三十岁了，别瞎折腾，再不抓紧时间找男朋友，以后更难找，女孩子干得好不如嫁得好。”

本来兴致满满，想和父母分享工作中辛劳努力后小有所得的成就感，预想的认可夸赞没听到，反而是一句：“女孩子干吗活得那么辛苦。”

突然间，杏子有些想哭。

合租的室友桃子、李子两位姑娘抱抱她，表示同病相怜。桃子、李子同样二十五岁，桃子本科毕业工作三年，李子则是初中毕业就进入社会工作了。

桃子安慰道：“我们比你工作早，几年前就得开始以一人之力抵挡全家人的思想入侵了。推不了的相亲我都去了二十次了。”

李予也开口："二十四岁时，我分手就是因为我想再在工作上拼一拼，争取当上分店店长，当时的男友不支持，觉得我有野心、重事业，照顾不了家庭。"

三位姑娘说起个人事业追求和来自家庭的婚恋压力，心有戚戚。

很多时候，比起自己是否真正过得快乐如愿，很多人只乐意用世俗的标准来评价她。若是旁人如此还可以无视、远离、充耳不闻，偏偏还是自己的至亲，这种委屈感和无力感便到了极致。即便努力安慰自己父母受年龄、眼界的局限而思想守旧，也难免有些伤心失落。

很多人都觉得，女孩子嘛，读到差不多的学历，做份差不多的工作，到差不多的年纪嫁个差不多的人，生儿育女，平平淡淡，就是最好了。

杏子深吸一口气："我不甘心。"

不甘心。想试试。有何不可？

2

即便时代进步至现在，仍旧存在很多声音，对一个人结婚生子的重视，远超过对其学术成就、社会价值创造、自我价值实现的关注。

我们天生都没有标签意识，正是外界那些所谓的"女孩该如何、不该如何；男孩该如何、不该如何"的言语和观念，日积月累地渗透、入侵我们的意识，强行给我们的思想戴上了镣铐。

想过得顺心顺意，世界上并没有哪条好走的路可以通达，每条路都很艰难。总体而言，女性尤甚。

波伏娃说："和有没有爱情相比，丧失自我才是真正的不幸。"

字字珠玑，深以为然。

同理，比起没有结婚生子，或婚姻家庭不圆满，失去自我更为遗憾。

我并不是不婚不育主义，只是认为结婚生子不是人生的必选项。选择，或不选择，只要是你真正想要的，那就是极好的。

基于价值取向各异，有的女性最想要美满的家庭，有爱人和孩子相伴；有的最想要爱情，一生为爱情喜乐忧思甘之如饴；有的最想要权势，喜欢那份控制欲和使命感；有的最想要财富，满足优越的物质享受和安全感；有的最想要事业，追求实实在在的成就感、认同感和安全感。

你尽可以爱你所爱，选你想选，只要不是受困于外界对你的期许和要求，专注你内心深处的渴望，那这份野心无论关于宇宙浩大或是温酒煮茶，都是美好的。

追寻着期待的过程，能感受到野心点燃生命的炙热，那种发自内心的渴望，让整个灵魂都鲜活起来。

问一问自己："你喜欢现在的生活状态吗？生命终结时甘心吗？满足吗？"

3

"野心"，多么动听的词。

世界读书日前夕，《活着》的作者余华给新生代人气明星易烊千玺写了一封信，说道："你们是得天独厚的一代人，你们身处这样的时期：未来已经来到，过去还没过去。你们要有野心，野心能让情绪饱满、思维活跃，能让你们即使过了这个村仍然会有这个店。"

野心勃勃，意味着梦想、果敢、格局，彰显着对命运的掌控力，散发着蓬勃盎然的生命力。

世人对野心的解读往往容易偏狭，解读为权势欲、财富欲、攻击性、阴谋论，其实也可换个角度，认识其体现的目标感、进取心、意志力、建设性。

"心之所向，素履以往。"

谁在实现野心的路上竭尽全力，认真计划，小心权衡，规避风险，放手一搏，哪怕踏遍怪石，哪怕跌落山谷，可以匍匐前进，绝不半途而废。

谁野心勃勃得理直气壮，期待着宇宙浩渺、山河湖海，向往着日升月落、灯火璀璨，贪婪地想努力一点，再努力一点，踏实地前行，看尽世间好风光。

认命很容易，无所事事很容易，安于现状很容易，但终究会有那么些"纵使长命百岁，到底意难平"的不甘吧。

我欣赏那些以野心照亮前路的人，心无旁骛地踽踽独行，不畏闲言碎语，不惧世俗绑架；那些想要通过自己的努力书写自己的命运、改变所处环境的人。

诚如毛姆在《人性枷锁》中道："人追求的当然不是财富，但必要有足以维持尊严的生活，使自己能够不受阻挠地工作，能够慷慨，能够爽朗，能够独立。"

我所有的野心，不过是，想实现自己的期待，拥抱想要的未来。

我想活得自由广阔。

4

这一生，要经历多少场巨浪风波，才能从容而开阔？

这一生，要跋涉多少座险峻高山，才能寻得自己、求得圆满？

民国的上海滩，有位奇女子叫董竹君，她身上有种生命力，那种敢于拼尽一切努力掌控自己命运的野心，远比其出众的容颜更迷人。

十三岁因家贫陷入风月场所，却敢坦然与显赫的辛亥英雄夏之时相爱。她敢于和夏之时约法三章，坚决不让他出钱为她赎身，用计只身逃出青楼，清醒而有魄力地追寻人格平等的爱情。

1914年春末，年仅十五岁的董竹君从青楼歌妓，一跃成为督军夫人。旁人也曾说长道短，但这个女子狠得下心下苦功夫，用行动证明了“董竹君配得起这一切”。

丈夫懈怠、堕落，尊爱不复后，董竹君果断提出离婚，丈夫提出五年之约，她带走孩子乱世求生。1930年，董竹君在上海创办群益沙管厂，艰难经营，稍有起色后却毁于“淞沪会战”。后双亲相继离世。在命运的旋涡里挣扎的她，从未认命。

果断离婚后，董竹君先后筹钱开了菜馆和茶室。1950年，她将两店合并为“锦江饭店”，捐赠给国家，至今接待了超过一百个国家地区的三百多位国家元首和政府首脑，广受赞誉。

她一路走来起起落落，扛过生意波折，担任过全国政协委员，曾身陷囹圄，但从未丢失过内心深处的韧劲。其为自己七十岁生日的题诗可见一二：“辰逢七十古稀年，身陷囹圄罪何见。青松不畏寒霜雪，巍然挺立天地间。”

1997年，董竹君与世长辞，享年九十七岁。她用力地活着，不负此生，成为传奇。

命运飘零坎坷的乱世女子，尚且如此励志，我辈有何不敢？

《论语》云：“欲得其中，必求其上，欲得其上，必求上上。”

那便寄存野心于远方灯塔又何妨？进一步有一步圆满。

《孟子》有言：“人皆可以为尧舜。”

倾听内心的渴望，找到自己的方向，当旁人说着“你不该、你不能、你不配”时，尽可以不急不缓，不卑不亢，掷地有声言：“我心已定，有何不可？”

5

一日晚，看到如瑈师姐发了条朋友圈：习惯了从航站楼的这扇窗去看外面的天空，或者习惯了飞机起降的轰鸣。现在的口头禅是“算了吧”“无所谓了”“都不重要了”，有点怀念那个满心“想试试”“凭什么”的自己，怀念那个背着行囊闯到非洲大陆最南端的自己，岁月神偷……

不觉间泪如雨下。屏幕里寥寥数语间，仿佛就看得见隔着经年的光阴，单薄的女孩背上行囊，就敢为向往勇走天涯；也看得见，岁月流转间，孤身自世界繁花似锦处打马而过的女孩，被融融的爱温柔环抱，从此坦然安居一隅，养育女儿。

走过山山水水后的甘于安定，和未曾出发的固守脚下，终究是不一样的。

唯有看过银河浩瀚的人，才能说自己喜欢满天星光，或是偏爱这一颗星辰。

世人性情爱憎各异，对所谓完美人生并没有绝对统一的衡量标准和价值取向，世间千千万万种生活方式，得偿所愿，便是好。

我敬重那些为了爱和责任，把野心小心翼翼搁藏，缄口不提的人。

我钦佩那些忠于梦想，敢把野心放在嘴上，一路高歌猛进的人。

我更想要做那些内心笃定，无须时刻提起，但从不忘记自己的野心，珍视自己的期待，纵使风风雨雨，眸中星光不朽，步履依旧不停，不动声色成全自己的人。

岁月倥偬，山河迢迢，甘为热望与生活短兵相接，无惧九曲羊肠。

愿有生机勃勃的野心。

愿赤诚坦荡，一往无前。负芒披苇，也不认命。

这样的你，最好看。

八、一切都人美丽，一切都还值得

每一个开始，都只会是一个续篇。

而真正写着故事的书，却总是从一半开始翻开。

——辛波斯卡《一见钟情》

花事缤纷的季节，你有些什么小期待呢？

在十九岁那年的生日，大二伊始的猕猴桃姑娘偷偷许了一个心愿："希望以后可以一切都好起来。"

那大概是猕猴桃姑娘青春里最糟糕的时期了——学习上，高考失利进入二本院校的自己，对没兴趣的专业爱搭不理，耽于琐事，浑浑噩噩，稀里糊涂挂了科，四级没过，绩点很低，综测排名很糟糕；人际关系上，因为作息时间差异和性格内向，和室友们关系不好时常被孤立；最糟糕的是，本来就矮矮胖胖、其貌不扬，又因为水土不服和生活不规律长了满脸的痘痘，时常会被班里的同学们开玩笑，包括那个自己暗恋的男孩。

少女时代的姑娘，往往敏感，自尊心强。尤其在被心仪的男孩嘲笑过后，受伤指数绝对是爆炸性增长。

其实猕猴桃姑娘也想摆脱这样的状态，可是尝试多次情况都不理想。

学习上，明明每周都做了翔实的计划，可是一旦某天哪一项任务没有完成，猕猴桃姑娘就会陷入自责状态无法自拔，懊恼、浮躁、心情低落，后续的学习计划随之不了了之，一周又一周就这么过去。

人际关系上，每当她试图主动和舍友们好好谈谈以修复关系，总会想"都冷战那么久了，现在应该也不可能和好了"，于是一次次沮丧地搁置了这个问题。

再说护肤吧，明明知道要饮食清淡、保证睡眠、适度运动，可是每每想到"反正我喜欢的人也不会喜欢我，那努力有什么用"，就负气地暴饮暴食。

因为觉得来不及，所以无望抑郁，所以破罐子破摔，所以自责焦虑，于是陷入恶性循环。

明明有美好的期待，明明是想要变得更好，怎么会变成这个样子呢？

那得先说说破罐子破摔心态对我们的侵蚀：一是自责损耗。我们责备自己开始得太晚，责备自己没有坚定遵守计划，越想越抑郁，深度自责和懊恼不仅没有帮助我们改变现状，反而影响继续努力的心情，消耗了精力，浪费了时间。二是伪完美主义。我们容易好高骛远，制定过高得远超自己现有实力的计划目标，于是过于理想的目标和自己实际能力的落差滋生了无尽的沮丧挫败。三是缺乏对美好未来的信心。看不到形势的转机，稍微一点波折都会绝望。

就这样，我们不甘心却无可奈何地说出了："反正都已经……那就这样吧。"

可是呀，聪明的你一定能明白，逃避和拖延不能解决问题，只会让我们离期望状态越来越远。

所幸猕猴桃姑娘走出了消极心态的困境。停止自责，和开明慈爱的老师谈心，与优秀亲切的学姐交流，制订切实的计划，认真按计划努力，偶尔被计划外因素扰乱安排或因自己一时疲倦搁置计划，猕猴桃姑娘也只是安慰自己"休息是为了更好地前进"，然后激励自己要更用心提高效率地努力下去。

猕猴桃姑娘二十二岁生日那天，收到了心仪已久的某名校研究生录取通知书；二十三岁那年，争取到了出国交换的机会，得以去看看更大的世界。

想想几年来的跌跌撞撞，而今学业小有所成，人际关系变好，皮肤状态变好，心态自信积极，猕猴桃姑娘感慨万千。的确，她还没有成为那种在人群中耀眼的姑娘，也不是那种励志逆袭收获男神的典范，可是一步步走来都是昂扬向上的，这已然很棒了。

就像猕猴桃姑娘对我说："所有的蜕变都可以，都来得及。暗恋过的人对自己的态度才不是衡量努力意义的标尺。我只是不想辜负自己，不想错过下一个喜欢的人。没关系，我才二十多岁，我的人生才刚刚开始，慢慢来。"永远都不是时间让一切变得更好，是行动。

毕竟，一点一点拥抱更好的自己，是多么骄傲的事。

有些路，如果不走下去，谁又说得准会有多美？

我曾惊艳于摩西奶奶的故事：在美国的小山村，有一位老奶奶，她像任何一个普通的主妇一样，养育数个孩子，操持琐碎繁杂的家务，闲暇以刺绣为乐。年逾古稀，因为关节炎不得不放弃刺绣，她开始绘画。八十岁，她在纽约举办个展，引起轰动。一百岁以后，她还画了 6 份作品。1961 年 12 月，她逝世于纽约，终年一百零一岁。二十多年的绘画生涯，她共创作了 1600 幅作品，在全世界举办画展数十次，是她同时代最知名的女性艺术家。你看，人生永远没有太晚的开始。

“好多人大一就开始准备考研考编了，我现在只有半年了才开始准备，好像太晚了……”

“明明下了决心控制饮食减肥，可是忍不住吃了零食，反正都打破计划了，那就不克制了，明天再控制饮食吧……”

“反正他也不喜欢我，那我苦苦努力变得再好又能怎样，无所谓了……”

…………

自暴自弃永远是最笨的事情了。

既然我们还有期待，那就从现在开始改变。明确目标，停止抱怨，停止自责，切实计划，乐观向上，踏实进取，如此甚好。

大学时，我们寝室的姑娘和大多数姑娘一样，热爱美食又羡慕好身材，于是无数次徘徊反复于克制运动和贪吃偷懒之间。周末相约跑 5 千米时，我依然喜欢这样的我们——即使第 100 次打破自己克制饮食坚持运动的计划，也会勇敢地开始第 101 次努力。室友阿袁昂首扬起嘴角："胡适说了，'怕什么真理无穷，进一寸有一寸的欢喜'。"看，多么活力满满的姑娘，多么热气腾腾的青春。

嗯，长路漫漫，偶尔宽容自己一下又何妨？曲折前进也是前进。懊恼过去，不如把握现在。为喜欢的努力，为坚信的坚持，勇敢地开始吧，进一寸有一寸的欢喜。

现在是最好的开始。

别让美，等到下一个春天。

期待更好的你。

九、愿你以努力，让情怀落地

“库克斯巴扎尔海滩的日落太美，真像一场美梦！”感受到电话那端的喜悦，我毫不掩饰地表示羡慕。毕业三年的女孩能从大学时为了生活费在三份兼职和学业之间奔波，到如今实现经济独立，协调好工作来一场异国旅行，怎么看都是童话一样美好的事。

沙当当在电话那头笑了起来：“果汁，你羡慕只因不知自打上了大学后这几年我有多拼，如果你看到我的付出，一定会和我说‘You deserve it’（你当之无愧）！”

1

某一时期，陈道明一句“不做无为之事，何以遣有涯之生”，不知点燃了多少人蠢蠢欲动的风花雪月浪漫情怀。

“我以后呀想开一家甜品店，阳光和煦，美食相伴，岁月静好。”我沉浸在美好的遐想中无法自拔。

“你大学读的可不是白日梦专业，都成年人了，别总空想。你大二的计划完成了多少？大三怎么规划？该考的证考没？要考研还是就业，准备得怎么样了？”老妈目光如炬，随意几句话我竟无力应答。

“哎呀，像高晓松说的：‘这世界不止眼前的苟且，还有诗与远方。’你有没有情怀呀？”我果断避重就轻。

“那你说说开甜品店要注意什么？相关的店址选择、商品管理、价格管理、物流配送、导购管理、促销宣传、店面管理你了解多少？”见我一脸茫然哑口无言，老妈叹气一语中的，“没有实力，谈什么情怀？”

彼时我还是一个初入大学的矫情、文艺、擅长白日做梦的少女，和我脚踏实地、崇尚实干的母亲大人此番交流后，醍醐灌顶。

2

什么是情怀？

所谓情怀，大抵是以内心的愉悦而非功利的得失作为自己行为的标尺的观念，如诗与远方，如诗意地栖息。

它包含心情、情趣兴致、胸怀、文学情致之意，如梁羽生《冰河洗剑录》中的“少女情怀总是诗”，如李清照《孤雁儿》中的“伴我情怀如水”，也如释文珦《山巅水涯》中的“吟是好情怀”。

对于如我一般的许多人，“情怀”二字，有一种诗情画意般美感的诱惑。

想来古人是很有情怀的，踏雪寻梅，泼墨赌茶，泛舟对弈，闲庭赏花。白居易曾有诗云：“闲尝雪水茶。”不由得想到《红楼梦》里的妙玉，《京华烟云》里的姚木兰，梅花上的雪，荷叶上的露珠，抑或清秋的雨水，我虽不知集之煮茶有怎样独特的味道，只觉得煮雪烹茶这件事本身就无比风雅。雨水和雪水被誉为“天泉”，露水又名“天酒”，此境中若再是翩翩佳人，更是曼妙无双、一抹风流。

然概观论之，情怀以实力为基础，至少离不开财力、物力、闲时的资本。若食不果腹、衣不蔽体，怎能轻易成全情怀？

3

听到沙当当苦尽甘来的愉悦时，我想起两个多年前结识的少年。

一个少年叫小熊，爱篮球爱游戏爱写诗，向往着出书成名周游世界。他以情怀为名，无心学习，沉迷爱好，成绩越来越差，升学落榜后迫于家境窘迫辗转于工厂打工。而今偶遇时，再不见他当年的意气风发，眉宇间都是社会风霜留下的颓然和疲倦。并不是说这样的生活不好，只是看他曾经梦想与今日现实之差难免唏嘘。大概，没有实际行动的情怀与愿景，只能沦为空想。

另一个少年叫小明，大学在读期间，看到别人玩单反觉得很酷，想跟风学摄影，以追求理想为名，频繁向经济拮据、生活困难的家里要钱，甚至卷入不规范的网络贷款，让贫寒的家庭雪上加霜。为热爱倾情付出和大胆尝试本无可厚非，可你的家人没有义务为你的选择买单，何况父母供你读大学已很是艰难，你如何忍心？

当时的我笨嘴拙舌，说不出以退为进、曲线救国、两点论与重点论这些道理。现在想来，难免有所思。

4

每个人都有权利选择自己的人生，法律道德之内，无人能随意评判哪种人生好或不好。我只是想说，如果你有憧憬有情怀，且不想辜负自己，请以实际行动来实现它，而不是流于空想或者本末倒置因小失大。

许多人常引用的老子的“圣人处无为之事，行不言之教”，也不是不作为的意思，而是以“无为”行“有为”，顺势而为。

我亦时常自省，自己已经不是可以任性的小孩了，我有情怀，同时也有家庭责任和社会责任，以梦为马的确是很美好的事，但在我的实力不足以成全情怀之时，我可以先努力积攒实力，情怀可以是动力而非负累。

比如说先抓重点抓主要矛盾应对高考、国考、司考、考研、留学等，过后再花时间精力在写文、旅行、网游、骑行等爱好上；比如说先选择一份收入稳定的工作，有一定物质基础再尝试那些寄托情怀的爱好。

毕竟，吃着人间烟火的我可以为一趟出游节衣缩食几个月，却不能置个人前途、父母境况于不顾。

JEEP 有句广告词：“用实力让情怀落地”，如此动人心魄，热血而切实，真诚地传达一个理念——既要仰望星空，更要脚踏实地，以行动努力让梦想照进现实。

5

情怀，是盛着葡萄美酒的夜光杯，是盛着五谷杂粮的精美青花瓷碗，是容纳衣物的雕花黄梨木箱，可锦上添花，却不能解渴、果腹、避寒；是琴棋书画诗酒花，却无法解柴米油盐酱醋茶之急。

也许你也曾想在小桥流水、黛瓦白墙的古城开一家客栈，或跋山涉水、栉风沐雨来一场远途的骑行，或留守闭塞贫苦山区多年做一名支教老师，或深入偏远小镇乡野拍摄最真实的纪录片。旅行、写诗、读书、音乐、摄影、画画……都是很美好的情怀，是对生活品质的追求，对生活的热爱。你是否同我一样，对未来满满的期待？

如果你家世显赫，足以无忧无惧追逐情怀，那我祝福你得偿所愿一世安好；如果你出身普通只能自力更生，那我邀请你和我一起，为想要的生活努力。

唯愿你我不负此生。

不积跬步，何以至千里？不积小流，何以成江海？

越是憧憬期许，越要风雨兼程。唯有实力，才能让生活和兴致两情相悦。

努力吧，说不定这一生涓滴意念自此汇入江海。

愿你我在最好的时光里，心有情怀，矢志不改，厚积薄发，以努力让情怀落地。

积极的青春，终将长成最好的模样。

第二章　对未来最大的慷慨，是珍视现在

一、你眼中的孤寂，是谁找寻的岛屿

> 我是一个任性的孩子，
> 我想涂去一切不幸。
> 我想在大地上，画满窗子，
> 让所有习惯黑暗的眼睛都习惯光明。
>
> ——顾城

鲜花总会凋零，那它的盛放有什么意义？

星辰总会暗淡，那它的闪烁有什么意义？

从出生到死亡，从起点到终点，我们的生命就像一个圆，经春秋晨暮走向虚无，若这一世奔忙终将是徒劳，那我们的生命有什么意义？

"阿富汗东北部地震造成巴基斯坦至少 37 人受伤""山东平邑石膏矿垮塌 25 人被埋""深圳山体滑坡事件已致 91 人失联"……浏览新闻报道，疫情、地震、矿难、病痛、战乱、恐怖袭击等各类灾难带来的不幸充斥眼中，也不时听闻一些或远或近的关乎生命离世的不幸，虽非亲历，也心有戚戚焉。

文字报道对不幸的描述无论如何都显得苍白无力，毕竟区区铅字怎么托得起红颜变枯骨这份沉重。这些冰冷的数字背后有多少希冀和努力就此暗淡，有多少"此生未完成”的遗憾和不甘戛然而止，有多少家庭椎心泣血的无力和悲恸？

天灾、人祸，猝不及防地书写着世事无常，让人难免慨叹生命的脆弱。

“世间事 / 除了生死 / 哪一桩不是闲事”。谈及生死，才觉得平日所有情绪都是矫情，心跳的每一天都是侥幸。

“福寿康宁”大概是极其奢侈的祝福吧。每每看完诸如《灿烂千阳》《天空的另一半》《我在伊朗长大》一类的作品，不免感叹平安健康的平淡生活是多么珍贵。

相比浴血奋战捍卫和建设祖国的先辈，相比当代还备受饥饿、干旱、专制摧残的人，相比今天仍生活在战火和恐怖袭击阴影下的人，我能平安长大，能安心在宽敞明亮的图书馆看喜欢的书，能遇见这些善良友好的同学朋友，何其幸运。

如此说来，那些容姿、成就、感情、工资、成绩等的困扰好像都无关紧要了，那些忙碌和麻烦也不值得抱怨。喏，每分每秒都很珍贵，我可舍不得浪费掉。

记得 2014 年夏天去拉萨旅行时，偶然进了一家川菜小馆。店长是一个乐呵呵的小老头，唱着曲儿给掌勺的店长夫人打下手。我吃抄手的时候，听到有游客问：“店长呀，你怎么总是乐呵呵的？”店长和店长夫人相视一笑，咧着嘴回：“想那么多搞啥子哟？每天醒来看见我婆娘和幺儿就开心噻，再说醒得过来本身就很开心噻。”后来在隔壁店买酸奶才听说那店长原先家境富裕，后来家中两位老人相继病重，不仅花光了积蓄还欠了些债，老人辞世后妻儿心情都很压抑，他努力偿清债务后就举家来到拉萨生活。心下唏嘘。不过想起店长和店长夫人的笑容，想到他们也算是苦尽甘来，便不禁扬起嘴角。是呀是呀，每天能醒来，都很值得庆幸。

鲜花不是为了凋零而盛开的，星辰不是为了暗淡而闪烁的，同样我们也不是为了死亡而出生。

既然来了，我们也不可能活着离开。那么，当那一秒真的来临，要给自己怎样一个交代才不算辜负？

想去的地方还没有抵达，想吃的美食还没有尝到，想说的话百转千回还未说出口，想爱的人还没来得及深爱，怎么忍心以此告别？

所谓不辜负，我想大概是行至生命尽头，能坦然笑言：这个世界我来过——我抗争过，我拥抱过，我爱过。

“做想做的事，爱想爱的人，趁阳光正好，趁微风不燥……”这个在网络上泛滥的句了，我一直很喜欢。你知道，这现实还有种种不好，诸如贫富差距、环境污染、性别歧视、竞争不公……可是我们可以努力让它一点点变好，至少我们可以一点点争取我们想要的生活，多好呀，不是吗？

想要就努力，得到就珍惜，错过就忘记。每一天都值得珍惜和感恩，爱每一天，爱身边的人。简简单单地走下去，多好呀。

亲爱的你，每一天，都请像劫后余生一样，给我一个微笑，好不好？

二、仪式感，让生活不一样

窗外大雨滂沱，我在家中新烤了玫瑰牛奶曲奇，小锅鲜煮了奶茶，小侄女眼馋得直蹦跶。我执意将曲奇精心装盘，挑出好看的杯沏上奶茶，末了还剪下花枝点缀其间，才邀她品尝一二。

小侄女不解："折腾些形式太矫情了吧？"

我莞尔一笑："是仪式感呀。"

1

那么，什么是仪式感？

《小王子》中有这么一个片段：

"你每天最好在相同的时间来。"狐狸说道，"比如，你定在下午四点钟来，那么到了三点钟，我就开始很高兴。时间越临近，我就越高兴。等到了四点，我就很焦躁，会坐立不安；我就会发现幸福的代价。但是，如果你随便什么时候来，我就不知道在什么时候该期待你的到来，我们需要仪式。"

"仪式是什么？"

"这也是经常被遗忘的事情。"狐狸说，"它使某个日子区别其他日子，使某一时刻不同于其他时刻。"

仪式感，是一种态度。

它赋予某一时刻特殊的意义，使这一段时间区别于其他时间。

日剧《逃避虽可耻但有用》中“契约结婚”的男女，为避免假结婚的事实暴露，他们想了个对策：培养“恋人感”——定每周二为“拥抱日”，即每周二晚饭后彼此拥抱。自此，每到周二这天，男主和女主便充满了快乐和期待。

周二本来和一周其他六天一样，没什么特别，但是确立的拥抱“仪式”，赋予了它特殊的意义，就让它变得独一无二值得期待。

这就是仪式感的魔力，让寻常的日子变得特别，让生活充满快乐和值得期待。

仪式感，是珍惜当下、热爱生活、认真书写人生的态度。

2

古人是很有仪式感的，读书前尚要净手洁案、沐浴焚香，更不要说节日、祭祀等重大日子了。而今却是仪式感缺失的时代，社会发展日新月异，压力太大、诱惑太多，大家都疲于不想落后的狂奔，在焦虑和恐慌下奔忙度日，步履匆匆间，处处将就随意，浑浑噩噩，日子就粗糙起来。

对自己，有多久没认真规划过人生了？还坚持着自己的热爱吗？一个人时有没有好好吃饭？

对亲人，还记得父母的生日吗？有没有为父母用心做过一顿饭？多久没对他们说过爱和谢谢了？

对好友，你们多久没有互相分享生活的酸甜苦辣了？彼此最近的困惑知道吗？

对恋人，你还记得你们特别的纪念日吗？多久没有送过对方礼物了？

…………

许多人生活的坍塌，常常是从“凑合”“随意”开始的。大概是生活一地鸡毛尚且应接不暇，疲倦间便忽视了很多细节，缺失仪式感的生活越发枯燥无趣，有些过一日是一日的草率。

谁的生活没有碌碌，没有纠葛，没有龌龊？可是人生不过几万个日子，且如东流之水一去不返，若任由生活的乐趣被琐碎庸常全然消磨，实在可惜。

而仪式感，就是让活着这个动态过程成为生活，而不仅是生存。

唤醒仪式感，提升幸福力，把所有回不去的时光，都过成良辰美景。

3

仪式感，让庸常变得鲜活。

我们对待生活的态度，很大程度会影响我们能拥有怎样的生活。你将就、敷衍，生活也就随意、凌乱；你认真、热忱，生活也就精致、有趣。

碌碌庸常本易枯燥，三餐一觉，上课下课，上班下班，日复一日里越发无趣。

在这庸常里抹上几许色彩，便是珍爱生活的仪式。

辛苦准备完一场考试、比赛时，奖励自己一份小礼物；住在出租房里，也可以养上几盆蓬勃生长的花草；每天出门和回家时，给爱人一个拥抱；忙得晕头转向，也要按时吃热饭；节假日如果不能回家，也要和父母视频或者打电话；每周都给自己的爱好留那么一段时间，享受片刻的宁静和滋润……这些可爱的刻意，有着让人快乐的魔力。

村上春树在随笔集《兰格汉斯岛的午后》分享了他的偏好，并写道："如果没有这些小确幸，人生只不过像干巴巴的沙漠而已。"

"小确幸"真是一个表达仪式感的温柔的名词。我也有呢，比如每年的最后一天一定要写篇文章，每个季节一定要做几件应季的事，每个月的第一天会写规划，每天都要吃喜欢的水果……这样就会觉得，每一年、每个季节、每一月、每一日都是有意义的，是与众不同、无可替代的。

即便是灰头土脸举步维艰的岁月里，也要用力地在生活的墙壁上粉刷涂画，就好像真的会重燃起和不顺再大战三百回合的勇气和力量。我那么爱自己、爱生活，所以不甘心、不将就、不屈服。我对生活的珍视让生活变得更值得珍视，让寂寂潭水鲜活，回馈给我更丰满的乐趣。

或许平淡循环的生活本来毫无意义，但这些小小的"刻意讲究"会为每一个日常，增添些许特别的注脚，赋予其独特的意义，它告诉你，你值得这样美好的生活。

4

仪式感，让平淡变得生动。

或许是因为心心相印终究只是祈愿，世上的情感太难明晰准确地表达和传递，人类才试图通过舞蹈、文学、音乐等更优美的渠道，以无须语言和动作也能承载情感的方式诉说。

可世人的感知能力各异，这终究局限。很多时候，彼此深爱的人说散就散，甚至闹到剑拔弩张的地步，那长路漫漫又如何维系珍贵而脆弱的情感呢？

在每一段重要的情感关系中，唤醒仪式感，让炽热的情感生动跳跃。

亲子关系需要仪式感。

亲子之间的爱，是天然的、坚韧的、深沉的，却也是需要表达和回应的。作为父母，陪伴孩子成长是很重要的。重视孩子成长过程的每一个重要节点，就是一种仪式。比如，阶段性考试、阶段性毕业、结识新朋友、第一次演讲……参与和见证这些时刻，会给予孩子更强的安全感和幸福感，传递着认真积极的生活态度，便是最棒的家庭教育。作为孩子，我们能好好爱父母的时间真的很紧迫。要好好说话，多体谅，多感谢，帮助父母适应时代的发展变化，主动带他们参与自己的生活，记住他们的生日并送上祝福，记得多打电话或者视频……时间珍贵，争执不如爱念。

恋人关系需要仪式感。

两颗心就是两颗心，不能强求心心相印，应该积极地表达。真诚的爱恋就像小树苗，需要不间断地滋养，才能成长、健康、茁壮。我们肉体凡胎，看不到彼此的心，总需要那么一些形式，确认自己是被爱着的，确认我们是相爱的，这是安全感，也是披荆斩棘的力量。仪式感便是维系恋情鲜活的养分，比如约定好过每个纪念日，定时说“爱你”，定期送礼物，忙碌里也要预留两人的时间……最庄重的仪式感，就是把彼此规划在自己的未来里，一起走下去。

朋友关系需要仪式感。

我们在各自的征途栉风沐雨，为了想要的生活四处奔波。虽然不能朝夕相伴，但是心底对你是真切的想念和关心。也许不能亲临为朋友庆贺生日、开导烦恼、鼓励进步……但一个电话、微信、留言也是你的真心。

情感仪式没什么固化的模式，不过是无论身在何方、忙于何事，有时间时，我就要抓住机会告诉你我的心。

仪式感，往往是细微处见深情，无关物质，无关金钱，唯“用心”二字而已。不强求香车豪宅，不强求琼浆玉露，不是想要你为我牺牲什么，付出多少，只是想要你的重视，你的真心，如此而已。

花木繁盛的夏天，你携一枝荷花和一杯绿豆冰沙来看我，即便缄默不语，我也能看到你眉目含笑间“看到花开得正好，想来你会喜欢”的温柔。

那些细碎的用心之处，往往是“想来你会喜欢”，因为你，所以为你。

人生一世，日复一日，不如化平淡庸常为生动鲜活。

纵然生活里一地鸡毛，我们也可以清纳整饰，扎成一个好看的鸡毛掸子。柴米油盐酱醋茶里，心怀仪式感，对生活珍而重之，未尝不可琴棋书画诗酒花，把琐碎日常慢炖成诗和远方。

愿我们能在有仪式感的生活里幸福展望，过得活色生香。

三、嘿，你的人生余额不多啦

往前看总觉得岁月悠长，回首时才发现光阴咫尺可量。别总是 12 月再对自己说抱歉。时间啊，悄无声息地溜走，挥一挥衣袖，只留下世人百味杂陈的叹惋。

日日复月月，月月复年年。亲爱的你，年初的计划完成得怎么样了？

1

近来总是听到师兄师姐们结婚的消息，空气似乎都甜蜜起来。一翻日历，我瞬间惊呆——什么？今年的时间余额已不足！

上电子秤直面自己呈单调递增指数函数状增长的体重后，年初的信誓旦旦、踌躇满志都啪啪啪地打在脸上。

年初，“一定要瘦 20 斤！”年末，胖若两人。

年初，“一定要坚持每天写读书笔记”；年末，特地买的笔记本只写了寥寥几行。

年初，“一定要考 ××”；年末，想到已经浪费了报名费就不要浪费时间了，便直接放弃了考试。

…………

总是这样对自己食言，真是有些沮丧。可是，好像也没有那么糟。

毕竟，也有间歇性为了就业奋发图强、拼命刷题备考的时候，也有每天慢跑 10 千米减肥的阶段，也有延续阅读书籍的习惯，也有认真地和学生时代告别，热忱地开始拥抱新生活。

那么，亲爱的你，现在过得怎么样，还记得年初的期待吗？

“考研或考公务员准备得如何？”

“定期存钱落实得怎么样了？”

“职业成长目标实现多少？”

“学到新的技能了吗？”

“脱单了吗？”

…………

或许你也和我一样，大大小小的目标，有的实现了，有的一直没开始，有的只差一点了，还有的半途而废不了了之。

你看，还未遇见的人在远处微笑，还没抵达的远方在闪闪发光，还有那么多美好的期待，可不要现在就缴械投降浑浑噩噩。

所有偷过的懒，终会变成打在脸上的巴掌。

回首，是为了更好地展望。

2

2017 年年底，我走过了人生一个关键节点，从校园初入职场，新环境、新挑战。很幸运，遇到很好、很优秀的领导前辈和师兄师姐，在新的集体有很强烈的归属感和获得感。

因为感恩，所以珍惜，所以想要更努力以不愧对所有的收获。

自我成长是一生的课题。

行动上迟疑迷茫，那就战术上来纠偏提点。

其一，保持独立思考。

世间喧闹，纷纷扰扰，众生奔忙，追求各异。不要因为别人的言行轻易扰乱自己的心，左顾右盼间盲目碌碌、迷茫、徘徊。

在别人的地图上，怎么找得到自己的航线？

要清晰地认识自己，悦纳自己，有自己的完整成熟的价值体系，保持独立思考，不浮躁，不盲从，明确自己真正想要什么、不需要什么，踏踏实实走好每一步。

拒绝随波逐流、人云亦云，拒绝迷失自我活在别人的期待里，遇事多思考，你要成为你自己。

其二，要有方向感，坚持学习自我提升。

人生如逆旅，要有方向感。在人生关键的几个转折处，选择至关重要。比如，高考后报志愿的学校与专业方向，毕业后的第一份工作，工作后的努力方向，选择的结婚对象等。

理性权衡，大的方向选定之后，便是前进和落实，用努力让我们的选择正确起来。只有不断学习提升，强化自身核心竞争力，才能有底气去争取你想要的东西。

树立目标和制订计划一定是非常有效的方法。有目标，有计划，才能强化时间观念，把想法落到实处。而之前我们定下目标后常常懈怠打脸的症结，往往在于计划得不科学。可以将长期目标和短期目标相结合，这样既有长远的奋斗方向指路，又可以有小目标陆续实现的激励，更容易愉快地坚持下去。不要好高骛远、急功近利，最好积沙成塔、厚积薄发。

其三，有原则，有底线。

一方面，大是大非面前，要保持清醒、审慎；另一方面，工作生活中要分得清主次矛盾、轻重缓急。

坚持原则，守住底线，清醒决策，果断拒绝，这样一定会少去很多麻烦。

之前听一个女孩哭诉，考研复习紧张，还要陪男朋友打游戏和陪室友逛街，非常焦虑，结果学习、爱情、友谊都一团糟，她非常委屈，压力很大。健康的感情，应该是带来的积极影响大于消极损耗，如果不能一起成为更好的人，彼此消磨疲倦不堪的陪伴真的有必要吗？如果她能静下来分析利弊，抓住主要矛盾，合理分配时间，是不是就可以避免一团糟呢？

永远都要做善良温暖的人，而这善良温暖一定得有态度和原则。

3

明日复明日，明日何其多？

难道还要等明年去计划那些今年写下的原定于去年实现的目标，只为兑现前年许下的完成大前年期许的诺言吗？

虽然我向来是知足常乐、小富即安的心态，并非鸿鹄。可是，成年人的生活哪有“容易”二字，燕雀之辈追逐各种小期待也要很努力很努力呀。

别因为希望渺茫就拒绝开始，别因为条件太差就放弃坚持。

《华西都市报》报道过这么一位励志的大爷：丁柏青，不懂英语，却穷游 10 国；不懂网络，却写出 30 万字旅游网帖。65 岁时，他终于实现了 35 年前与妻子“青春旅行”的梦想。

你看，那些看起来各方面条件不那么好的人也可以做成很酷的事。我们眼前的年龄、条件、能力等问题并非无解，勇敢地学习、争取和坚持，生活才会给你回应，自暴自弃、止步不前才无希望可言。

正所谓“人生没有白走的路，每一步都算数”。

怕什么梦想遥远，走一步有一步的甘甜。

期待更好的我们，拥抱想要的未来。

心之所向，一苇以航。

别害怕长路漫漫，前方可期就好呀。

你愿意和我一起，趁早把生活折腾成自己喜欢的样子吗？

四、你亦只有一生，又怎能不认真

你选择听天由命潦草一世，还是事在人为把控今生？

你我不过只有一生，请每一步都认真。

因为，非常希望我们都能过好这一生。

1

2018年，去昆明的火车上，我身边有位白裙长发的小姐姐，一直在哭。

她一边哭一边和闺密打电话，倾诉着满心凄楚：独生女背井离乡跟男友来了云南，却遭遇男友背叛；贪图小利，以为天上掉了馅饼，结果被骗；为讨好上司而违反公司规定，结果被辞退；考公务员失利，房东刻薄，孤独无依……稀里糊涂一路走来，事事不顺，处处是坎。她喋喋不休，后悔着当初的各种选择，抱怨着命运的不公。

"唉，我真的觉得自己命不好！"小姐姐红着眼眶，哀怨叹息，"不知道快点结婚运气会不会好起来。"

我默默给她递了纸巾和一颗奶糖，心情复杂。二十多岁的我们好似总在焦虑，工作、房子、恋情、婚姻……确实有好多好多的现实问题需要面对。可是总觉得，还没有成为期待的自己，即便结婚，也不见得就能过上期待的生活。

人生有时候好像就是会有种无力感。怎么形容呢？大概就像2018年世界杯看到梅西和C罗，那种不甘、惋惜却只能如此的深深的无力感。人生场的哨音一响，命运的球一滚起来，结局并不绝对掌握在我们自己手中。

太多因素决定了我们是否能实现自身期待。

2

对于一生宿命，我们真的无能为力吗？

近来读黄仁宇的《万历十五年》，书中讲了万历、张居正、海瑞、戚继光等6个人的故事，并总结了衰落的两点原因。

思绪由历史和制度散开，惊觉，原来命途并不一定要有翻天覆地的波折在，从你做出一个个选择的时候起，悄无声息中，很多事已无法回头。

人之于时代不过沧海之一粟，但即便生若微尘，也觉得每个生命的存在本身就是莫大的意义。

关注个体，便开始思考是不是真的有所谓的宿命。

林语堂在《京华烟云》中写："在人的一生，有些细微之事，本身毫无意义可言，却具有极大的重要性。事过境迁之后，回顾其因果关系，却发现其影响之大，殊可惊人。”

所谓命运，不过是时代和与己关联的人对自己的影响共同作用于自己选择的生活吧。

3

要么不抱怨，要么就改变。

重读王安忆的《长恨歌》，我暗自揣测王琦瑶窒息前可曾遗憾后悔。故事可以合上，生活却要面对。这一生，究竟是事在人为，还是命由天定？

年少时读《围城》，觉得不过是对婚姻的思考而已，而今才觉得，“围城”啊，是指向整个人生吧，感情、事业、生活……你所有的选择，或许皆是如此。未曾得时，心向往之；得到后，意兴阑珊。

“围城”之所以是围城，大概源于我们对未曾得到的事物的执念过度美化了预期。求得后，边际效益递减，加之不可控因素，心态难衡，形成落差。

局外人评头论足，不过是就其表象；

实际百味杂陈，个中冷暖，只有自知。

你执着沉迷于眼前的利益、诱惑、欢愉，为此放弃了一些原则，那总要付出代价。

外因或许不可强求，内因却在自己手中。内因才起决定作用，自己先前的行为引发后来的危机，自食其果，又有什么好怪罪旁人的呢？

任何时候，面对每一个选择，你都要认真。回首过往，每一个节点重来一次也无法做得更好，那便无可后悔。

咸丰八年（1859 年）三月的一天，曾国藩在日记中写下四句话：

> 端庄厚重是贵相，
> 谦卑含容是贵相，
> 事有归着是富相，
> 心存济物是富相。

曾国藩从为人行事的角度，道出人生的四大福相——“端庄厚重，谦卑含容，事有归着，心存济物”，总结得实在精辟。

就一生来看，众人起点各异，际遇不定，有的人“高开低走”，有的人“低开高走”，令人唏嘘。

别以侥幸度一生。你认真地对待自己，审慎地面对每一次选择，一定会得到命运的眷顾。这眷顾，是缘于你自己。

命运，是我们自己的选择呀。

你亦只有一生，又怎能不认真？

五、也曾莽撞到视死如归，而今只渴望长命百岁

“如果生命此刻终结，你是否有遗憾？”

“我有。”

1

“嘿，别看现在没什么大问题，也要关注健康，知道吗？熬夜就是熬命，别仗着年轻不把健康当回事……”

医生哥哥嘴巴一张一合数落间，尽是语重心长的警示，我心虚又惭愧，俯首喏喏，头如捣蒜。

态度诚恳至极，是真的。

一个休息日，我在市图书馆看书，一连坐了几个小时没挪过窝，直到工作人员催促要关门了我才懵懵起身准备离开。准备起身时，感觉有点虚，就左手拿书右手扶着书柜。起身的一瞬，眼前发黑、手脚无力、意识丧失，这刹那的失明、昏厥让我来不及反应就跌坐在地，书随之掉落在一边。

不远处的小姐姐马上过来扶我，关切地询问。缓了片刻，才感到视物清晰、手脚回力，一切如常后，我笑着道谢后回家了。

一路上心里翻江倒海，思维极速运转，颇有大厦将倾之感。天哪，我才22岁啊，会不会得了什么绝症？如果已经是晚期了怎么办？我要是走了爸妈能不能撑住、老了以后怎么办？不能告诉姐姐，她一个产妇身体还虚……

平时那些不甚留意的加班猝死、熬夜致癌、青年突患绝症之类的新闻突然都鲜活流动起来，在我脑海里演绎着一个个绝望的故事。

再一想，工作以来时常熬夜、久坐、饮食不规律，身体不是没有对亚健康的暗示，比如疲倦、脱发、浮肿、肤质暗哑、视力下降、气色不好、记忆力弱、反应迟钝、间歇性失智……只是向来粗枝大叶不曾在意，最多不过是嬉笑几句。

慌张、茫然、恐惧，一时间好似满天璀璨的星辰都闭上了眼，我孤身一人站在无边黑暗里不知所措。

第二天一早，我急不可耐地跑到医院仔仔细细检查了一番，焦灼中强迫自己镇定。在漫长的自我勉强式的心理建设快崩塌时，医生给出结论："血压略略有些偏低，要规矩饮食，每天吃早餐，没什么大问题。"

"啊，就这样？"我不敢置信，小心求证。

"是啊。"医生哥哥简洁的回复犹如天籁。

这一秒，就像涉嫌重罪接受调查的人突然被宣告无罪释放一般，在劫后余生的后怕和松弛中，我幸福而感激地听着医生哥哥的叮嘱，深刻地体会到，虚惊一场是上苍何等美好、幸运的恩赐。

我是真的被吓到了，这才真正意识到健康危机——假如生命至此终年，我还有太多遗憾，太多放不下。

2

我们已经进入了健康危机时代，这绝非危言耸听。

在"我是演说家"节目中，有一场周西的演讲《滚蛋吧，肿瘤君》。

二十六岁的周西，平时是工作四处奔波的女汉子。她总是痛经，在最近一次来月经痛得快昏厥时她才拨打了120就医，做完B超检查，最终，却发现自己得了卵巢癌。她回忆起自己这一整年的情况，熬夜成家常便饭，忙碌成常态，好像永远放不下手机、电脑、工作。这个对未来有无限期待的女孩，就这样被癌症盯上。

看这一期演讲时，我泪如雨下不能自已，她的恐惧、不甘、遗憾牢牢地抓紧了我的心口，她患癌前的日常那么熟悉，仿佛照得见我们每一个自己。

这类悲剧的报道，俯首皆是：× 年级学生熬夜学习猝死、× 岁青年熬夜加班猝死、×× 长期生活不规律患癌、×× 熬夜玩游戏猝死……报道中的主角涉及多个职业群体，包括医生、警察、程序员、学生等；涉及多个年龄段，儿童、少年、青年、中年、老年皆有。

个例背后是触目惊心的数据：我国每年猝死人口超过 55 万；每天约有 10000 人确诊癌症；中国肠胃病患者 1.2 亿人；慢性病死亡占死亡人口的 86.8%；中国皮肤病患者超过 1.5 亿人；有 7 成白领有过劳死的危险……即便数据未必绝对精准，可是健康形势却显而易见，重大疾病已趋于年轻化。

这些日渐增大的比例，落在谁头上就是 100%。

是的，我们肩上的压力太大了，丛林求生，要生存、要发展，成年人的世界又那么功利而现实，疲倦而无奈的时候又那么多。

有的人是真的主动竭力进取，想要更快地实现才能增长、财富累积、价值创造，扎扎实实通宵达旦。可是，也有很多人的不健康作息只是低效率和不自律的结果，或白天效率低而晚上加班加点，或沉迷于夜色迷离下的声色犬马，或无所事事磨磨蹭蹭已然深夜……

很惭愧，我也曾白天学习效率低下，为缓解焦虑而晚上熬夜补救；我也曾长久拖延，最后期限前通宵达旦；也曾强迫症发作，为并不紧急必要的事情而争分夺秒……补救式学习工作、匆忙应付、疲倦努力的效果不见得如何，对身体的伤害却是实打实的，而这熬夜不过是自我感动式的自我欺骗，“只是看起来很努力”有何意义？

有位叫于娟的优秀海归博士，是复旦大学年轻讲师，婚姻、事业美满。看似美好的命运却埋下惊雷，三十一岁那年她被确诊为乳腺癌晚期。生命的最后，她回首深思，写了一本书《此生未完成》。

> 我也曾为了一个不知道是不是自己人生目标的事情拼了命扑上去，不能不说是一个智力障碍者干的傻事。得了病我才知道，人应该把快乐建立

在可持续的长久的人生目标上，而不应该只是去看短暂的名利权情。名利权情，没有一样是不辛苦的，却没有一样可以带去。

透支生命这事就像闯红灯，眼下是，时间比别人多几个小时，看不到的是，不遵循规则带来的高风险意味着随时可能遭遇惨祸，且往往难以挽回。

房子、车子、票子，职业、爱好、体验，恋情、家庭、友情……孰重孰轻？难道要等生死临界点，再来想自己一生最在意什么？

最残酷的是来不及，于娟溘然长逝，徒留年迈的父母、悲恸的丈夫、年幼的孩子。

此生未完成，最是遗憾。

3

以前长辈们时常念叨的“健康最重要”“别熬夜”“多运动”“饮食要规律”等都作了耳边风，从来没认真放在心上过。

大概是本来就大大咧咧，加之向来体质好，先天无遗传病，不痛经，不失眠，我一直觉得自己身体很好，和“虚”“弱”这样的形容词离得远远的。

毕业以后的昼与夜，忙忙碌碌工作，开开心心看书写作，迷迷糊糊玩手机……带着初出校园的热忱，我疲惫而快乐地穿梭在这个城市。

刚刚脱离了警校的严格管理和规律作息，大把自由支配的时间扑面而来，想要努力，想要快乐……太多事情想做了，哪里会在意熬夜、过劳、饮食等这些“中老年”问题。

年轻时往往有种错觉，现实安稳，岁月悠长，总觉得还有漫长的一生可以浪费。

年轻嘛，恃着天生健康的幸运，盲目而肆意。

直到身体用一个小小的玩笑发来警示，我才真正意识到人生的轻重主次。

虽说人生没有绝对的好坏优劣衡量标准，寿命长不代表活得好，我却很感激命运给我机会，以虚惊一场让我看清自己在意什么——健康是一切的根本。

在这段侥幸重生的心路上，我没有什么对富贵、美貌的欲求不满，全然是对父母亲人的担忧和惭愧，对未尽愿望的遗憾和不甘。

这还是基于此刻22岁的我是个单身的年轻姑娘，倘若我已有婚约，或是儿女尚小，或是父母年老……更多责任、羁绊加身，我都不敢去想如何面对离去。

你看，人们总说年轻是资本，其实追本溯源，健康才是最大的资本，透支了健康，便失去了与生活博弈的底牌。

年轻时，健壮时，往往肆无忌惮，挥霍着健康以拼换财富或耽于享乐；衰老后，病弱后，又拼命想要用财富换回健康。

我们总是容易陷入这样的怪圈，可是很多时候真的没有机会矫正。

4

健康管理是性价比最高的自律。

人生是一场长跑，我们要学会储备能量，而不是提前透支。世界最先惩罚的，一定是透支健康的人。

从“如月之恒，如日之升，如南山之寿”，到“鹤算千年寿，松龄万古春”，从古至今，从宫廷到寒门，无论权贵布衣，国人一直祈愿健康长寿。

更长的寿命，更健康的机体，即便不代表这一生可以得偿所愿，但至少意味着还有更多机会去争取、去珍惜。

好好活着，至少意味着希望。

好啦，别懊恼，我们从现在起，就可以做到：

树立健康管理意识，定期体检，积极就医；

保证充足优质的睡眠，杜绝毫无意义的熬夜；

选择健康均衡的饮食，规律克制，拒绝暴饮暴食；

坚持科学适度的运动，不过度，不缺乏；

保持积极平衡的心态，凡事看开。

当我们开始以更健康的方式来生活，身体机能的强健和更新，精神的愉悦和蓬勃，情绪的积极和平衡……都将为我们所拥有。

我们的努力，将以最良性的方式开始，可持续发展地运转，展现出蓬勃盎然的生命力。

养生要趁早，不迷信锦鲤，不倚靠运气。

与其莽撞挥霍健康，到将生命透支时而后悔，不如现在就开始珍爱身体，以健康努力丰富漫长年岁。

亲爱的你，祝安康。

六、世情凉薄，谢谢你爱我

独在异乡，年纪渐长，愈觉家之温暖，亲情之厚重。由此，不敢轻易写亲情，总觉得无论怎么用心动情，都显得单薄。

2021 年年初，我的外婆离世。纵然生老病死是自然规律，可仅仅只是想到我的妈妈没有妈妈了，都禁不住潸然泪下，感叹时光易老。

“父母在，人生尚有来处；父母去，人生只剩归途。”无论漂泊何处，想到至亲挂念，心便有栖息处；想到被爱，好似身披铠甲，有了一往无前的勇气。

那些习以为常的温情，平淡背后的情深义重，原来最珍贵。

1

“钱够不够用呀？不够要和家里说。”“多吃蔬菜少吃零食，多运动。”“小心生病，注意安全。”……

从外地求学到异乡工作，孤身在外这些年，每每和父亲通电话还是离不开这几个问题，絮絮叨叨，温言和语。

巍峨如山的父亲，在时光的洪流里，棱角日渐柔和。骄蛮的女儿开始恐慌生命的衰老。

偶然间，听到父亲和外人叹息早年忙于生计没能多照顾家里，我心里忍不住酸涩。怎么会不理解呢？出自寒门，上无仰仗，你肩上的担子太沉。陪着我们你便没法挣钱养家，忙于生计你便难以顾家。你独自一人，顶住了生活的刁难，却不曾言说自己的万般艰辛。你挥洒血汗拼命挣钱只为尽力给我们最好的一切，已然是最好的父亲。

很惭愧，女儿不够完美，总是习以为常地索取，却得你待我们如同珍宝。这份爱，如此深沉，如此厚重。世上本没有理所应当地给予，可是你选择了如此。

还记得你接送我上学时，那一日日的晨光熹微，那一晚晚的星光璀璨……斗转星移，你牵挂的孩子们，长大啦！

你缄默，笨拙，不善表达；你深沉，包容，身体力行。你是榜样，更是力量。

亲爱的爸爸，世道苍凉，一路风霜雪雨，险滩暗礁，谢谢你所做的一切，如此不易却执意，用双手撑起我们的家。

2

“晒干的衣服怎么还没收？”“洗碗怎么洗了那么久？”……

母亲是个急性子，行事干脆利落，见我做事拖拖拉拉便是噼里啪啦一顿数落。

休假回家的我一边满足地喝着母亲提前为自己酿的甜白酒，一边嘿嘿傻笑着表示接受批评，内心柔软，近乎贪婪地享受着这份“受制于人”的安宁。

年纪再小些时，对母亲的唠叨是会不耐烦的，颇有些不知好歹。年幼不知烟火事，哪里懂得生活艰辛，满心想着天大地大，常常对柴米油盐的琐碎日常嗤之以鼻。直到一点点直面生活的残酷真实，我才恍然这些年父母的不易。

我深深眷恋于家的温情，却羞涩于直接表达深刻的爱意。

倚着沙发打盹时，你轻手轻脚给我盖上毯子。恍惚间，眼角酸涩湿润，想到多年来细致入微的照顾。衣食起居，家中事务，无不是赖于你费心费力操劳。你也曾是年轻貌美的小姑娘，也会怕陌生人，也曾无忧无虑，也曾满心憧憬。

很抱歉，我曾怨你絮絮叨叨，也会嫌你庸碌浅薄，却不想你是如何勇挑生活的重担，饱尝人情冷暖，却始终耐心陪我们成长。

是什么，让欢快灵动的小仙女一样的你，深藏起自己的羽衣，就此停驻在这个家里，囿于厨房和琐碎日常，是岁月，是责任，还是爱？

亲爱的妈妈，岁月薄情，青丝暮雪，原谅我曾无知无觉恃宠而骄，人生实苦，谢谢你一直在我身旁。

3

“有姐姐真好。”收到姐姐给我网购的快递时，身边的同学纷纷羡慕。

是啊，有姐姐真好呀。我笑意融融，心里明晰，“得到”只是表象，陪伴才是谜底。

这是世界上我最亲爱的姑娘，我们一起长大，玩闹过，争吵过，夜谈过……书里的“兄友弟恭”总觉得生分疏离，真实的手足关系更鲜活也更深刻。在不同的情景里，亲人、朋友、对手……我们的角色关系也有不同的演绎。

小时候家里条件不好，有时盛夏天，母亲给姐姐点零花钱让我们买冷饮。那时，糖水冰棍一毛，糯米冰棍两毛，奶油雪糕五毛，脆皮蛋卷两块。姐姐通常给我买昂贵的两块的脆皮蛋卷，自己买一两毛的冰棍，偶尔才舍得买五毛的奶油雪糕。凡事照顾，凡事忍让，那时候懂事而克制的姐姐，也不过是个几岁的孩子。

年幼时没法直接把依恋说出口，只是姐姐每次回家我都执意要同寝，缠着要一起玩，甚至蛮不讲理吵吵闹闹，只想引起注意。直到我们日渐长大，再也没有了重合的寒暑假；升学、就业、社交碌碌，我们各自奔忙，很难再有大块时间同处，才意识到相伴的难得，只好频繁线上联系。

一个窝长大的兄弟姐妹，是无可替代、此生不换的珍贵。说来歉疚，作为年纪小的那个孩子，我始终得到多于给予。我的迷惘苦楚，你都知道，你都在。生而为手足，我们是父母给予彼此最好的礼物。我们是彼此最亲密的关联。因为有你，在这世上我便不是孤零零一个。

龙应台在《共老》里问手足之情：“我们会不会，像风中转蓬一样，各自滚向渺茫，相忘于人生的荒漠？”

不会的。至亲之间的羁绊，始于血缘，深于岁月。年深日久，我们早已成为彼此生命的一部分。

亲爱的姐姐，谢谢你和我一同长大，我们各自努力，一起从容前行，很多很多年后，还要一起做快快乐乐的老奶奶。

异乡楼头，断鸿声里，白雪煮酒。万家灯火，哪一盏为我守候？

曾以为“海阔凭鱼跃，天高任鸟飞”，而今才觉得“羁鸟恋旧林，池鱼思故渊”。眷恋故渊的鱼，是被爱着的呀。我一直在你的目光里流浪，仰仗这份惦念，世界便是爱的海洋。

我多想足够强大守护你们。

只愿亲人安康喜乐，就很感激；烟火缭绕的日常，就很幸福。

想到有你们，我便不再羡慕任何人。

世情凉薄，谢谢你爱我。

七、陪伴，是最长情的告白

友情是今生最美的遇见。

书里记载过很多古人之交，如孟良焦赞、伯牙子期、管仲鲍叔牙、公孙杵臼程婴……字里行间，尽是情深，心旌一动，热泪上涌。

岁月悠悠，我们各自在时代的洪流中游弋。生命的底色原本单薄，却因彼此相交而丰厚多彩，那些相知、相伴、相惜，不期而遇，不离不弃，弥足珍贵。

1

"以后我们五个每年都要聚餐，等都脱单了就带上对象十全十美，再往后还得加上孩子们热热闹闹……"

娟娟、芊芊、东哥、淞哥与我，一边大快朵颐，一边畅想以后，颇有几分"让我们红尘做伴活得潇潇洒洒"的情怀。彼时，毕业可期，前程未定，未来还是模糊的概念。

我们是怎么成为好朋友的呢？说来也没有跌宕起伏的剧情，不过就是刚刚巧的缘分加合得来的性格，让我们一起相伴而行，苦乐悲喜同享。

四年来，五人一起北上求学、南下归家，三十多个小时的火车上，彼此分享美食，也分担忧思；毕业在即，我们讨论政策，权衡不同选择的利弊，一起焦虑，也彼此鼓励；工作初期，我们手忙脚乱地学着怎么像成年人一样应对日益繁重的工作、人情世故和日常琐碎，在各自的战场跌跌撞撞，相互倾诉困顿，努力以自身有限的阅历、尚浅的见识，相互开导，相互鼓劲。

再后来，我们各自奔忙，值班备勤太多，相聚机会寥寥，可始终相互信任、彼此支持，革命友谊历久弥新。

成长的路上，朋友是最珍贵的存在，无可替代。

孤单时给你拥抱，委屈时为你撑腰，为情所困时对你开导，求而不得时给你安慰。我们一起哭，一起笑，一起玩闹，一起战斗，一起成长。

世间大多数情谊，并非始于惊心动魄的初见，尤其年少时，往往缘于日常陪伴，日积月累，一往而深。

情谊，在我们一起并肩走过的岁月里慢慢发酵，日渐醇厚。

2

李银河说："真正的友情来自灵魂的投契。"

远方的你，相信灵魂伴侣的存在吗？

我相信。

我始终相信，世上一定有这样的人，他与你灵魂契合，三观相近，精神世界高度相通，近乎天然的频率共振、磁场相吸。

你们可以很自然地相处，舒适、愉快、相知相惜。

在爱情上，人们称之"天生一对"；在友情上，人们称之"知音""知己"。

理论上，两个灵魂的相互吸引，无关性别，无关年龄，无关地域。

有一天，你遇见一个人，忽然就有了"白头如新，倾盖如故"之感。你们相谈甚欢，那些深藏的话语，难与人言的思想，尽可以侃侃而话。彼此懂得，惺惺相惜，就像在深海里的52赫兹鲸鱼遇见了同类。

世间最孤独的，莫过于身处人海，却活如孤岛。

小雅是湿漉漉的下雨天也愿意穿越半城与我相见的女孩，我们性格各异，许多观念也截然不同，但确是以诚相待、以心相交的朋友，能够坦诚倾诉，愿意耐心倾听，也能懂得彼此的挣扎、纠结、不甘心，就着一碗麻辣烫，便可诉尽衷肠。

喧嚣时代，世人匆忙碌碌。遇到能相互倾听、倾诉和懂得的灵魂，是很珍贵和幸运的事，无关爱情。

3

即便来日相离，这段相伴仍值得深深感激。

有的友谊，无须刻意提起，从来未曾忘记。

学生时代，总有朝夕相伴的小伙伴，和你一起刷题、聊天，或一起打球、撸串，或一起追剧、逛吃……也曾亲密玩耍，也曾深夜长谈，后来随着升学、就业而异地，你们缺席了彼此很多时间。可凭借那些在一起时的温暖，凭借彼此的鼓励和许诺，好像就有了独自抵抗一路风霜摧刮的力量。经年重逢，亲切如故。

若宇、怡然与我，便是如此。分别来自鄂尔多斯、石家庄、曲靖的我们，大学熟识，一起集合、上课、备考，一起训练、玩笑、聊天。怡然品学兼优，文武兼备，经常荣获奖学金和跆拳道等各类比赛的奖项；若宇落落大方，口齿伶俐，包揽了我们专业各类活动的主持任务。我们为各自的成绩欢呼，也在低潮时相互鼓励，一路相伴。

兵荒马乱的大四一过，若宇和我选择联考回省就业，怡然继续求学考研读博。带着新鲜感，我们奔赴着自己的命运。日常疏于联系，但偶尔联系分享近况时叽叽喳喳说个不停，像是从未分离。

每个人都有自己的路线，人生终究是一个人的跋涉。

能在某一个阶段，我们结伴而行，同历风雨，已很感激。

往后，我们在各自的征途披荆斩棘，遥遥相祝，愿各自珍重，闪闪发光。

4

人海茫茫，遇到投缘且有缘的人，结下多年情谊，是一大幸事。

容容、贝贝和我，相识于豆蔻年华。十多年来，历经中考、高考的升学关，毕业求职的备考关，各项工作的考核关，相亲交友的交际关……我们在各自的路上层层闯关，步履不停。

十几岁时，课间挽着手一起上厕所，周末为了中考体测相约爬山增强体能，寒暑假依靠座机电话分享情绪；而后，贝贝因病休学，我和容容也分别去北京和江苏读大学，自此相见不多，但一直保持联系。及时分享的见闻，坦率吐露的心声，每年最后一天一起迎来新年的跨年电话，从不缺席的生日祝福……就这样，我们彼此见证，一起长大。

漫长的青春期里，我们真心换真心，陪伴彼此，不断认识自己、认识世界，慢慢构筑起自己的价值体系。一路上，无数细细碎碎的对话间，是关心、鼓励、劝诫和坚定的支持。

岁月洗礼，已然通透，不执于现实中时刻相伴，聚散有时，心意互通，彼此挂念，各自修行，精神上的互为后盾，也是陪伴。静水流深，也是情深义重。

情谊的本质是喜欢和抵抗孤独，而不是利益交换和价值折现。友谊和社交，是不一样的。

这世界熙熙攘攘，多的是为利来、为益往，所以那些以心交心，多珍贵，多动人。我得到了那么多的温暖，于是，也想要去给予他人温暖。

前路未卜，道阻且长，结识的人来了又走，很多人甚至无缘擦肩，我们却相伴那么多年。

陪伴，是最长情的告白。

生平之交，相伴平生。幸得知己有二三，愿岁岁年年长相伴。

“人亦有言，日月于征。安得促席，说彼平生。”

一路颠沛，难免倦乏、困顿、伤心，着实有些难以宣之于口、示之于众的寂寥。

晚来天欲雪，红炉暖夜色，酒已温上，只想身侧有你，拂一拂满身风尘，说一说来路归途。

八、因缘际会，感君一顾

平生至此，欣喜相逢。

1

2015 年的最后一天，我和娟娟、阿楠在北京五道口的三联书店跨年，想在书香里迎接新的一年。偶然间，在一本书的封面上看到一句话："这世界没有陌生，只有不问远近的缘分。"

怦然心动。大概每个人都自带一个磁场，冥冥之中，相吸相斥，便有了缘聚缘散。

偶然认识一位飞行员朋友，他利用工作之便周游世界各地，让我羡慕不已。他大大方方分享着自己的经历：生于经济落后地区的小县城，家境普通，上大学前从未坐过飞机，工作前从未出过国，父母对他最大的期望也不过是考上大学，毕业后回家乡考个编制。

高中时，他偶然看到一位定居北欧的作家在网上分享环游各国的见闻，便生出了对外面世界的无限向往，偷偷设想起未来的蓝图。自此，他开始关注招飞信息，努力学习和锻炼体能，最终凭借优异的高考成绩和合格的身体素质，顺利通过东航校企合作计划的招飞选拔，成为一名飞行学员。而后，扎实努力多年，终于圆梦。

因为一个契机，生出更好的期待和努力的勇气，而后走向了更辽阔的世界。这样的故事，听起来真是动人。

那些萍水相逢的机缘，很多时候会带给我们很美的体验，像是深井歧途里的一扇天窗，遥远而微弱的一点光亮，就足以构筑出你对更广阔天地的向往。

2

大学时，苏宇老师教过我们行政法学。他是一位具有个人魅力的老师，笃实、博学、谦逊、幽默，颇得好评。他和妻子相识于10年前在北大读本科时，他的微信朋友圈和私人公众号经常分享着夫妻日常，一起读书、学习、哲思，一起育儿、旅行、休闲，既有对学术的思考交流，也有经营生活的烟火气，所谓举案齐眉，大概如此。看到他们分享的青海自驾游记，我忍不住留言："旁观你们，我仿佛看到灵魂伴侣的模样。"

这样萍水相逢的师生关系，看似不过点赞之交，但于我另有意义。

坦白地讲，二十岁时，对于想象三十多岁的生活，我是有些恐惧的。关于家庭美满、事业有成这样笼统的期待，虽然真诚，但具体到和另一个未知的人共度琐碎日常，生育赡养，奔于生计，我完全不敢想。我对可能成为沉闷无趣、充满压力的"大人"很是抗拒，害怕一地鸡毛的婚姻侵蚀自己对生活的热情，害怕有了羁绊而无法潇洒自由地专注自己的期待。

我偏颇且不自知地把婚姻和自我价值实现放在了对立面，恐惧中年，庸人自扰。直到我在苏老师夫妇的日常剪影里看到，家庭、工作、爱好可以协调，婚姻美满、事业顺利、生活愉快并不冲突，豁然开朗。

再后来，我遇到很多这样优秀的前辈，听到他们对婚姻、爱情、工作等人生命题的思考，受益匪浅。年轻的时候，能遇到宏观层面对你有启迪意义、有人生导师意味的人，极其幸运。

在那样的年纪，仅仅是看到他们从容松弛的状态，便有了一步步迈向中年的勇气，热情笃定，不再恐惧。

3

十三夜的新书《你必须很努力，才能看起来毫不费力》热销时，我兴奋地写了推荐语，发微信朋友圈宣传，是真的为她开心。

阿夜于我，亦师亦友。我们年纪相仿，最初因写作相识于网络。

阿夜自小在云南德宏一个偏远小城长大，离开家乡到楚雄读大学期间，爱好文学的她开始在网上连载小说，后来顺利出版。凭借着热爱，她从书籍中汲取灵感，从生活中提炼素材，以文字记录着自己的见闻和思考。她在线上平台写作，文笔细腻治愈，收获了很多粉丝。

写字的时光，是寂寞的，冷清的。大学毕业后的阿夜，一边为了生存忙着工作、加班，应付着租房、被骗钱等初入社会的鸡零狗碎，一边在寂静的独处时间抱着笔记本电脑敲敲打打。写作不是能急于求成的差事。她却凭着热爱和坚定，脚踏实地，默默耕耘，在二十多岁的年纪，出版了三本书、主编了一本文集。一步一步靠近梦想，本身就是无比励志的事。

我们至今未曾见过，但是想到她，清瘦的身躯里有着坚强的灵魂，就深深觉得“向上的青春，终将长成最好的模样”。

同一片天空下，你知道有很多人也在与生活短兵相接，这也是困倦中的半分慰藉。

来日若有缘，一起品一壶你喜欢的普洱茶，畅聊一番。言笑晏晏，拂半生风雪。

你的命途中一定也有这样的人，他们离你的生活很远，看起来本没有什么交集，但因为一些机缘巧合，就有了一线微弱的连接。

凭借这一线关联，你看到了生活的更多可能和美好，得到了珍贵的勇气，衍生出美好的憧憬。

这世上，美好的关系不只是爱情。

年岁越长，越觉一期一会之珍贵。所有转瞬即逝的缘分，我都想要珍惜。所有萍水相逢的相遇，都值得感恩和珍视。

如果有一天，我给你写信、寄好吃的，请不要吃惊，是真的很开心认识你呀。

因缘际会，感君一顾。

多谢你如此明亮，成为我平淡岁月的闪闪星辰。

纵此生不见，平安喜乐唯愿。

九、谁不是一边佛系，一边努力

期待那么多，前路那么长。

谁不是一边云淡风轻，一边埋头拼命？

1

近来，“佛系青年”引起热议，“佛系 ××”成为在微信朋友圈刷屏的热词，比如，“佛系学习”“佛系工作”“佛系恋爱”“佛系减肥”“佛系养生”……

“佛系”，大意为：有也行，没有也行，不争不抢，不求输赢。

自诩“佛系”生活，成为青年群体常见的现象，争议也随之而来：

有人指责，认为这是“丧文化”压倒进取之心；

有人担忧，判断中国正进入低欲望社会；

有人颓靡，世事艰难，混过一天是一天；

有人委屈，压力那么大，消遣一下又如何；

…………

年龄永远是自带热度的标签。

可“佛系”真的就是丧、颓靡、消极吗？

2

佛系心态挺好的。

当你为考试认真准备了很久，走进考场时，你告诉自己，专注试卷、认真答题就好。不胡思乱想，不预设结果，平心静气，发挥良好。

当你遇到了很喜欢的人，维系一段前路未知的感情时，你告诉自己，管什么故事最后，爱一日有一日的温柔。真诚恋爱，积极优化自我，无论后来分开与否，都收获了更好的自己，没有辜负时光。

当你出门在外，和路人发生摩擦不愉快时，你告诉自己，非原则性问题上让一让也无妨，将心比心，相互理解。化干戈为玉帛，安康为重，时间珍贵，小事化了，心情尚好。

别人生气我不气，别人焦虑我自律。

横生烦恼又何必，开心前行硬道理。

更多的时候，我们自嘲“佛系”，只是想消解压力、缓解焦虑而已，并不是真的无欲无求、绝望消极。

我们推崇的“佛系”是一种很棒的生活态度，恰如林清玄所言：“以清净心看世界，以欢喜心过生活，以平常心生情味，以柔软心除挂碍。”

“佛系”，是“古今多少事，都付笑谈中”的通透，是“竹杖芒鞋轻胜马，一蓑烟雨任平生”的旷达，是“去留无意，漫随天外云卷云舒”的淡然。

平和，通达，从容，清欢。

不纠结，不拧巴。多好。

3

同时，努力向前从未忘记。

那么多人口中嚷嚷着“佛系”，也只是在疲于奔命的间隙。

你看那些考研的人，多少个日日夜夜，食堂、书桌两点一线，刷题、背诵、笔记反复循环，单调繁忙。

你看那些在异乡打拼的人，或北上广深沿海地带，或杭州武汉各个省会，夜色深沉尚在工作，晨光熹微又赶在路上，出差、加班、充电，忙忙碌碌。

你看那些养儿育女的人，或悉心喂养，或谆谆教诲、循循善诱，为抚育儿女和赡养老人努力挣钱、匀时间。

…………

委屈过，抱怨过，压力爆棚过，也再一次自我劝解过，努力过，坚持过。

很多时候，我们聊以调侃的“佛系”，不过是一种自我缓解焦虑的方式。从“80后”“90后”到“00后”，社会飞速发展，年轻人承受的压力也越来越大，负荷太重，可责任在身，不容退却。

所有人都觉得，我们生长在物质更为丰厚的时代，更优秀杰出是顺理成章的事，多余的情绪表达都是矫情。

君不见，我们也面对着时代进步日新月异的挑战，面对着竞争激烈不进则退、随时可能被淘汰出局的考验，面对着高房价、高物价的重压，面对着心事难言的孤独，面对着父母老矣独生子女分身乏术的痛苦。

学习、工作、婚恋、家庭、社交……我们太焦虑了，有些疲倦，有些无可奈何，还有好多积攒的情绪，以及好多来不及诉说的心事。

时代的洪流滚滚向前，一代代人拼命奔跑着快快长大。很累很累的时候，笑着说说“佛系”消遣一下而已，说完还是会继续奔跑在实现中国梦的大道上。一代人有一代人的长征路，我们从未退缩。

甚至，一直以来，我们本身就是在一边自嘲解压，一边拼命奔跑。

不念过往，无惧将来，砥砺前行。

以出世之心做入世之事，实则大智慧矣。

我们拒绝以看似阅尽世事的无为，掩饰自身的懒散懈怠。

我们提倡以平和强大的内心，去披荆斩棘乘风破浪。

前途光明，道路曲折。

谁不是一边佛系，一边努力呢？

十、好好爱自己，莫负好时光

你可知向日葵有一天也会主动放弃太阳？

愿你我做自己的太阳，遇见更好的自己，拥抱更美的未来。

1

柚子收到公安大学的研究生录取通知书时，云淡风轻地笑了笑。倒是我，尖叫着惊喜地抢过来左看右看。看到柚子终于被她倾心多年的“中国最好的警校”录取为研究生，看到她一步一步靠近自己的梦想，很为她开心。还有什么事比如愿以偿更令人欢喜呢？

如今柚子已可称为新时代的五好姑娘——品德好，性格好，能力好，容姿好，厨艺好。加之眉宇间的自信和朝气，无形间浑身魅力满满。我不由得赞叹：“柚子，你真的好棒，越来越优秀了！”她莞尔一笑：“果汁，你是看着我一路走来的，那些莽撞稚嫩的时光，你也是知道的。当我真正明白每个人都应该好好爱自己，我们都可以成为更好的自己时，我就真的不想再辜负自己了。”

2

那些莽撞稚嫩的时光，大概是每个人都会经历的成长吧。在莽莽撞撞、迷茫彷徨中找到自己，凡此种种，皆是成长。

那时候柚子刚上大一，虽不是出类拔萃的校园风云人物，却也是一个各方面都还不错的可爱姑娘，开朗乐观，爱说爱笑。她有一个当警察的梦想，不时说起要考中国最好的警校的研究生。她认真地学习每一门课程，会花时间逗乐不开心的室友，课余时也会参加志愿活动……是那种随处可见普普通通的好姑娘。

偶然间，她在绿茵场上认识了一个爱踢足球的男孩，突然就和小说中“亿万星辰不及你一分光芒”的情感产生了共鸣。眉眼带笑，神采飞扬，怎么看都是会发光的男孩啊！就这样，柚子心动了。渐渐地，她染上几许多愁善感，会在寂静的深夜写下这样的短句：

> 你不知道，你是我纠结剪短或者蓄长的头发；
>
> 你不知道，你是我担心错过时刻等待的电话；
>
> 你不知道，你是我小心翼翼、手足无措的守候和牵挂。
>
> 也会想，哪一日能笑着在你手心写下：
>
> 你是我日复一日的美梦。
>
> 思君无涯。

她就像所有在感情里主动沦陷、一往情深、偷偷动了心的人，开始自觉不自觉地关注那个人的一切。想靠近喜欢的人本无可厚非，可柚子开始花费大量的时间和精力，去小心翼翼地取悦男孩，慢慢地，这一切演变得消极起来。比如，她经常逃课去看他踢球，给他送水，争取微弱的存在感；满心揣测男孩的兴趣想投其所好，生活重心失衡；很久没有关注过自己的事，喜怒哀乐全都系在了男孩身上……她好像忘记了自己的梦想，甚至想过要追随男生去他的家乡来感动他。

也许男孩另有所爱，心若磐石，也许他只是不懂如何劝说柚子放弃，总之他的冷淡并没有浇灭柚子的热忱。在这份没有回应的感情里，任柚子一个人无数日夜上演着百转千回的内心戏，她始终都在男孩的未来规划之外。

明明柚子没有多么差劲，偏偏低到了尘埃里；

明明男孩没有那么完美，却在她心里发着光。

她就这么莽莽撞撞到义无反顾，患得患失，自卑多疑，迷失了自己。那个时候，柚子是真心实意地喜欢他，觉得男孩就是自己的太阳，自己就是那一直追随太阳的向日葵。

是不是觉得很熟悉？就像看到我们身边很多在不对等的感情里付出很多痛苦挣扎的人，很多在求而不得无法言说的暗恋里患得患失的人，很多取悦型人格却把自己的生活搞得一团糟的人。不只是感情上，那些单一以业绩为奋斗目标为工作而活的人，那些按父母想法择业而自己的想法被压抑的人，所有那些以非自己意愿为第一准则的人，把自己的生活和情绪倚靠在别的人或事上且被动而缺乏安全感的人——这些忘记好好爱自己的人。

3

所幸柚子找回了自己。在假期一次高中同学聚会后，柚子哭得不能自已。老同学们在大学里都活得充实而快乐，或高分过四六级，或申请成为交换生，或各种比赛拿到奖，或自学外语，或尝试创业。对比自己这半年来学业、生活一团糟，看着他们兴致勃勃、意气风发地说着骄傲与梦想，柚子猛然想起久违的自己，想到初入大学的热血激情和凌云壮志，想到大学时光已过四分之一，忽然泪如雨下。这一次的眼泪，只为自己而流。

当晚，柚子庄重地给男孩发了一条 8 个字的短信——“喜欢过你，就此别过。”就像一场神圣的仪式，和萎靡、庸碌的自己告别的仪式。她突然意识到，感情并不是生活的全部、人生的唯一，不能丢失自我。她说，我不要再辜负自己了。

柚子坚定了自己的最初梦想，开始认真做大学规划，并努力执行。认真学习功课之余，她还坚持按计划筹备考研，背单词、看书、听网课；坚持每天阅读和运动，学习礼仪和着装搭配；选择性地参与一些活动和比赛，和优秀的老师们积极交流，闲暇时间和室友们聚聚餐、散散步。你看，还有好多好多要做的事呢，哪里有时间难过呀！

开始的确很难，可是一旦开始积极，生活便开始良性循环。惯性、惰性让我们总是倾向于舒服的选择而放弃正确的选择，可是，正是这些不舒适让我们变得越来越好。

柚子的决心和坚持有了回应，积累了一些经验，认识了更多朋友，取得了一些荣誉，身材、气质越来越好，眼界、格局越来越广，健康而有活力，通达而乐观向上。终于在这个秋天，柚子背着行囊踏进心仪的学校成为一名预备警官，离梦想更近了。

4

“柚子，你说向日葵怎么就会放弃了太阳呢？”

“因为向日葵长大了呀。”

的确。科学家告诉我们，向日葵受一种叫生长素的植物激素作用，跟随太阳从东方到西方，在夜晚慢慢把头扭回等待新一天的太阳，但是这些都只是不成熟的向日葵，成熟的向日葵过了青春期便不再在激素的作用下一直对着太阳。

原来，向日葵仅仅在没有发育成熟时才一直追随太阳。

你看，原来终有一天向日葵也会主动放弃太阳。

亲爱的，那么多人告诉你“像向日葵一样去生活，等待阳光洒满一地”，可是我要告诉你，我们不要等，不要卑微被动地把一切寄托在不可控的未知上，要像成熟的向日葵可以放下执念。

你的未来在自己手里，你的喜怒哀乐，你的安全感，你想要的生活，你的人生，都只能由你决定，而不是别的人或者事。你是你自己，而不是谁的附属。

亲爱的，你要好好爱自己，明白什么是自己真正想要的。没有非爱不可的人，没有非做不可的事，不要局限自己于眼前一时一人一事。

你看，世界那么大，盛年不重来，还有那么多美好和精彩值得期许和努力，怎么舍得辜负好时光，怎么舍得辜负自己？

愿你我做自己的太阳，无须企盼谁的光，每一天都活得闪闪发亮。

第三章　持续学习，积极修炼未来力

一、二十岁之后，你要成全自己

电影《霸王别姬》里，关师傅说戏的时候，有句训示："人，得自个儿成全自个儿。"

这一生最美好的事，便是成全自己。

1

华灯初上，饥肠辘辘的我跑到小吃摊买炸洋芋。洋芋刚刚下油锅，我便站在旁边等候。

这时，我看到两个中年男子坐在摊边撸串喝酒，外地口音，长吁短叹，相互倒苦水，满脸壮志未酬之憾。

一个说："都怪我爸妈不争气，没钱没势的，不能帮我找关系找工作，不能帮我付首付买房子，弄得我现在三十多岁了，工作不稳定，房子买不起，媳妇没娶上。唉，都说'原生家庭'是一个人的宿命，我这辈子可算是命不行。"

另一个说："我也苦啊，兄弟。当初和我老婆结婚就是看中她家条件好，想着结婚后有了原始资金就可以大干一番事业，结果我老婆坚决不同意卖套房子来支持我，她家又不差这一套房子。什么夫妻就是相互成全，鬼话，弄得我现在一事无成，被人说三道四吃软饭。"

觥筹交错，互诉心事，两人言语间尽是埋怨自怜，毫无惭愧，还颇有些惺惺相惜。

我目瞪口呆，居然有人自己不思进取还这么理直气壮，震惊之余，也觉得他们真是可悲，三十多岁还是这个心态。

恕我直言，这种心态，潦倒一生也是自找的。

2

停止一味归责出身，主动成长，书写自己的人生。

近年来，心理学领域的“原生家庭”一词很热。

以前大家不如意，可能归咎于生辰八字、星座水逆之类，现在大家文化水平提高了，都从心理学上找根据，就此催生了很多“野生心理学”的言论。

仿佛自身性格缺陷、成长不顺、发展不好、婚姻不幸等方方面面的不如意，全部都是原生家庭的责任，是童年时代不完美的家庭教育、糟糕的成长环境影响深远，决定性地毁掉了我们的一生。

原生家庭对我们一生的成长发展有影响吗？确实有，并且影响深远长久。那会起决定性作用吗？不会。

内因起决定作用。真的没有那么多带来毁灭性伤害的原生家庭，对于大多数普通家庭来说，虽然确实存在一些问题，但绝对不会决定孩子一生的不幸。

很多人夸大原生家庭带来的负面影响，自己不努力改变，一味归责于出身，不过是巨婴心态，人格不独立，就找不作为的借口。

他们不乐意父母干涉自己的生活，却乐于接受父母为自己做各种自己需要却不想做的事；他们做成某事时，从不会感激出身，但失败时，却埋怨父母种种不是。

巨婴心态，何其可笑，何其可悲。

原生家庭决定了你是谁，但你可以决定自己成为谁。你的行动，才刻下了自己命运的轨迹。

人生是你自己的，真的甘心荒废此生吗？

我们每个人都值得拥有最好的自己，用一生的努力，为自己书写一个想要的结局。

3

拒绝依赖、等待他人，主动成全自己的碧海蓝天。

我们遇到坎坷时，现状和梦想差距太大时，很容易生出些不切实际的幻想。缓解压力，倒是无可厚非，若沉湎于被拯救的期待里无法自拔，除了必然的失望，还会浪费自己成长的时间。

我们都不是小说里有“主角光环”加持的好命主角，有人为你倾尽天下，拱手山河讨你欢心，天下你最大，事事皆顺意。没有主角命，别存依赖心。

民国时有位女子叫张幼仪，被称为“民国头号前妻”，出身大家，十五岁嫁给徐志摩，二十一岁怀孕却离异，可婚姻带给她的伤害和侮辱没有毁掉她。或许她的思想仍是旧式的，但在那个时代，能在离婚后重获新生已然很勇敢。22 年里，她经历了丧子、离婚，却实现了人生的涅槃，她从最痛苦的黑暗中清醒过来，在时代的旋涡里挣扎，成为中国首位女银行家。

她说：“人生从来都是靠自己成全。”

命运没有给予她完美的一切，但她却就着不完美的婚姻缺口，开辟了人生中的另一种可能，成全了自己的碧海蓝天。

类似的励志故事很多，难以一一讲述。我心疼且欣赏这样的女性，她们生命里有一种韧劲，敢于在泥泞里开出花来。

未来那么长，谁能妄言这就是最后的定局？所以，不要认命，要向前走。

思及此，热泪盈眶。

新鲜出锅的炸洋芋，色泽金黄，气味鲜香麻辣，令人垂涎。我低着头，在欲望和理性之间，选择了理性，放弃买炸洋芋。

毕竟，我不能一边期待着更瘦、更健美的自己，却又毫不克制、懈怠放纵。

舍不得辜负此生，就要很笃定自我成全。

一味等待命运垂怜，只能是大梦一场。

一边埋怨外界，一边依赖他人，除了日益消极的情绪和日渐凋零的希望，毫无意义，徒然辜负好时光。希望来日，我们都能坦然笑言：“还好我不是这样的人。”

二十岁，人生已然走过五分之一个世纪，再没有理由躲在角落，因为这样永远等不到世界把你想要的一切拱手奉上。

亲爱的你，请勇敢地去拼、去闯、去争取。你想要的人生，永远只能靠自己成全。

二、人生加冕的战略思维

人生是一场博弈，与时间、与外界、与自我。

《孙子兵法白话全译》中有言："以现代军事视野来看，'全胜'可区分为战略、战役和战斗层面，'全胜'的思路是将战争的损失减小到最低限度。如果将孙子的破中求全的'全胜'思想发散到人生战场，它是人生的最小损失法。不战而屈人之兵，善之善者也。"

人生的战场上，如何尽可能地以最小损失而达到"全胜"呢？

优化战略思维，为人生加冕。

1.学习力：适应时代新局面

你的核心竞争力，是否会被轻易取代？

你的高阶知识，是否正在成为常识？

大江奔涌的时代，不进则退。信息爆炸，科技更迭，再无难以逾越的壁垒。

变，方可应万变。自我革新，提升学习力，终生学习，才是硬道理。

别懦弱，别懒惰。

唯有时刻更新信息，不断完善知识体系，持续输入与输出，懂得用知识创造价值，我们才有立足潮流、应对变革的生存力。

正如，柴米油盐本身不庸俗，庸俗的是固化的思维和眼界。体制内的工作本身不代表无能，无能的是得过且过、停止成长的人。

职位、年龄、性别，都不是停止学习、拒绝成长的理由。

2.执行力：让期许落地

执行力，意味着竞争力、决胜力。没有行动，计划便只是空谈，发展、决胜更是无从谈起。毕竟，高谈阔论，没有生产力。

《拒绝平庸》里说："很多时候我们为什么嫉妒别人的成功？正是因为知道做成一件事不容易又不愿意去做，然后又对自己的懒惰和无能产生愤怒，只能靠嫉妒和诋毁来平衡。"一语中的，我不想成为这样的人，我猜你也是。

真正的执行力，是有效的行动和长久地坚持。这一生，不过是想成全自己，已是不易，千难万险，也要果决前行。

我们做计划时，也要切实可行，长期与短期相结合。当我们一步步实现一个个小目标时，这种成就感的反馈，会激励我们更有信心地走下去。

目标明确，计划合理，方法可行，更要专注于执行。

3.思考力：不迷失于丛林

丛林求生，迷雾重重，唯有自身强大的思考力，才是安身立命的攻略根本。

我们需要很清醒的头脑和眼光，才能够在海量的信息里看清楚方向，做出自己的独立的判断。

舆论或许偏狭，风向未必真实。

我们要建立自己的思维方式和价值体系，一个无论何时何地、何种境况，都能独立思考、全面权衡、理性决策、实现成长进而走好每一步的价值体系。

亚里士多德说："人生最终的价值在于觉醒和思考的能力，而不只在于生存。"思考力，是一种有利于生存得更高的能力。

拒绝无主见。我们可以学习、交流、借鉴他人的想法，但集思广益后，终要整合、分析提炼出属于自己的东西。人生的答案，终究不能照抄。

避免情绪化。情绪往往会干扰我们正常的思考力，沉湎于情绪时，容易冲动地做出错误的决策。

警惕经验主义。"人不能两次踏进同一条河流"，经验自实践而来，无论是直接经验还是间接经验，确实有宝贵的指导意义，但那都是彼时彼下得出的，未必还能全然适应当时当下，要保持清醒的思考。

4.复盘思维：走好下一步

复盘，指对局完毕后，按原先的走法，把下完的棋再摆一遍，以检查对局中招法的优劣与得失的行为。

虽是棋术语，也可推至人生博弈。

就像备考时，着重研究之前的错题，一定比单纯只看重点知识的提升大。错题映射的是我们思维的瑕疵、盲区和错误，此时的“复盘”，就是一个弥补、纠偏、矫正思维的过程。

人生路上，通过复盘前事，回顾、分析、总结、设想、预演，当类似的局面再次出现，我们就能更快速地想到更多种应对策略，能意识到哪种更好。

我们也可对当前所处的状态有更明晰的判断，从而快速准确地决定自己下一步的走向。

外来的经验再厉害，终究需要一个内化吸收的过程，不如自己一跤一跤摔出来的经验更深刻。

唯有以前瞻性、全局性的战略思维，事先运筹研判，从而根据客观实际制定切实、可行、有效的战略战术，才能尽量以最小的损失争取最大的收益。

人生这场博弈，得用力。优化战略思维，才能决胜千里。

与其等命运青睐，不如自己书写想要的未来。

三、持续学习才能提升未来力

“滴！你已被人工智能取代，请出局。”

梦中惊坐起，越想越心虚。

是时候开始修炼未来力啦！

1

“电子支付的顾客，可以选择自助付款，无须排队。”

这天逛超市时，听到这句提示音，我才发现已可自助扫码结算，不需要在柜台排队等人工结账了。

想到自助加油、自助购物、机器清洁、无人驾驶……日渐平常，不觉笑着感叹“科技改变生活”，再一想，那岂不是意味着很多工作早已或将来可被完全取代？

联想到一则报道，因收费站撤销而失业的大姐咆哮：“我 36 岁了，除了收费我什么都不会！”危机感呼之欲出，毕竟，这是个时新日异的时代。

随着国务院下发《新一代人工智能发展规划》，惊觉人工智能已正式上升为国家战略。

以色列希伯来大学历史系教授尤瓦尔·赫拉利提出，在未来 20 到 30 年间，将有超过 50% 的工作机会被人工智能取代，人工智能将造就“无用阶层”。

技术进步推动时代变革，不甘心成为无能为力的“无用阶层”的我们，如何自保？

2

适应极速发展的时代，本质上指向的能力是学习力；“教育”“读书”改变命运，本质上指向的能力也是学习力。

可见，提升认知，持续学习，终生学习，不断提升未来力，才是上策。

从小到大，我们听过父母师长的诸多教诲，最耳熟的便是“好好学习”了。

在他们心目中，学习是一串钥匙。可是，打开一扇扇门，所有问题就能迎刃而解，收获圆满人生吗？

不是的。很多人和我们强调学习的重要性，却很少有人告诉我们，学习应该是一辈子的事情。

学历、文凭、成绩都是片面性、阶段性的东西，不能全面证明一个人的能力，对于更长远广阔的人生来说，也真的没有那么重要。

3

学习力就是未来力。

骄阳之下，冰河之上，脚下这块冰块融化破碎，你要能跳到另一块上。

风起云涌的时代，不存在永远稳定的工作，真正的稳定是永远有足够的能力，足以从容地应对一切。

梁晋才院士曾提出，要终生学习，社会不相信眼泪。

唯有持续学习，终生学习，拥有强大的学习力，才能随机而动、蓬勃生长，才有直面未来、掌控人生的底气。

借用木心先生所言："岁月不饶人，我也未曾饶过岁月。"

时代不饶人，我们也不要饶过时代。

时代江海奔涌，革新的浪头拍醒了沉睡的你我，快跟上。你知道的，没跟上潮水落在河床的鱼，会死的。

4

应用性学习与无用性学习，各有利弊，兼顾最佳。

应用性学习，属于功利性学习，短期功利主义可以帮助我们解决眼前的阶段性问题，很实用。比如，我们为了升学、就业、工作等，准备考试、竞争的学习。

无用性学习，着眼于长远，可以弥补应用性学习着眼于眼前而狭隘的局限性，更多的是贯彻终生学习的理念，意味着更广泛的学习和更长久的积累。

无用性学习绝非无用。1939 年，美国普林斯顿高等研究院首任院长弗莱克斯纳就曾提出"'无用'知识的有用性"这一命题。

没有无用的知识，只是没到它发挥作用的时候罢了。学一样有一样的收获，就像落水时才意识到会游泳有用就晚了。诸葛亮广泛学习并思考天文、地理、心理等各方面知识时，又怎么会料想到有一天会用在"草船借箭"上呢？可是到需要时，能堪大用，便可见其有用。

你看，多学，总是好的。

5

知识复利，超乎想象。

复利（compounded interest），简单来说就是“利生利”，发展到一定阶段会产生惊人的效益。

小时候看过一个故事：国王欲奖赏宰相，宰相提出：“赏一些麦子吧。数量这样算：在棋盘（国际象棋）的第 1 个小格放 1 粒麦子，第 2 个小格里 2 粒，第 3 个小格 4 粒，以后每一小格都比前一小格加 1 倍。”国王应允，后来才发现总数额大得无法实现，全国的麦子加起来也不足。

这便是复利效应，起初是很微小的，到一定阶段便会生成难以想象的效益。

爱因斯坦曾说过，复利是世界第八大奇迹，那些理解并使用它的人将最终获得巨大的财富。而复利的效益，不仅体现在财富积累上，也体现在知识积累上。

倘若我们持续学习，在时间轴上，我们的知识将因复利作用而持续地累积，远期的收获将远超简单的叠加，难以预期。

所谓“知识改变命运”，便是复利这一深层逻辑浅显表达出的道理。

起初差距很小的人，后来差距慢慢拉开，最终云泥之别，原理便在复利上了。

很多人走出校门就停止了学习，没有深厚的储备，也未得到过知识复利多大的回报，便认定学习无用。其实，这是自己给自己斩断了路，没有走下去，所以看不到。

永远不要轻视学习，不要停止学习，不要否认过去的学习，或许眼前你觉得并无大用，但要知道这便是复利效应的初期阶段。如果你现在就停止，那就永远等不到效益暴增的时候。

终生学习，才能给知识复利效益生长繁茂的时间土壤。

“如果你想获得想要的东西，那就得让自己配得上它。”优秀的投资大师查理·芒格如是说。我相信，想要更好的生活，首先要让生活看到更好的自己。

少年易老学难成，一寸光阴不可轻。
未觉池塘春草梦，阶前梧叶已秋声。

嘿，是时候了。让我们快开始，提升认知，终生学习，积极修炼未来力！

四、你总是拎不清，怎么过得好这一生

战略上的失误，是战术上的努力无法弥补的。

拎不清的人，往往过不好这一生。

我们不要这样，好不好？

1

“果汁，你说我是不是命不好？”小涂姐面容疲倦，叹息哀戚。

“傻瓜啊！”我心里一酸，“向前看。”

小涂年长我 10 岁，同乡旧识，多年不见。乡邻宴席重逢，只见她憔悴暗哑，脸上写满了生活的磨难，哪里有半分当年的灵动生机。

小涂本科毕业时 23 岁，为了爱情放弃了沿海薪酬高、前景好的工作，追随男友去其家乡所在小镇。小镇经济发展滞后，工作机会不多，能提供的平台、待遇、培训都非常有限，小涂不甘心经常抱怨。

24 岁，工作简单琐碎，小涂想过要不要换工作、学新技能提升下个人竞争力，又想着同事都说“女孩子不要活得那么累，嫁得好比干得好重要”，男友也说自己家境殷实没必要，就这么安于现状。

25 岁，小涂订婚后才发现，男友父亲有家暴史，男友遇事情绪不稳定，小涂父母不同意这门婚事，小涂想着“父母是父母，孩子是孩子，自己都为他付出那么多了”，还是执意远嫁。

28 岁，丈夫投资失败损失惨重，越发暴躁开始家暴，小涂想离婚，可婆婆跪着求她，父母也劝“夫妻哪有不吵架的，为了孩子忍忍吧”，再看孩子尚幼多可怜，就想“过段时间或许就好了”。

33 岁，小涂母亲住院，婆婆不准小涂回老家，丈夫依旧对她和孩子动辄打骂，

小涂终于选择坚定离婚，离开这里。

当年毕业时和自己差不多的同学，如今各有所成，早已千差万别。回看自己，婚姻不顺，事业无成，毫无长进，再次求职发现自己没有任何核心竞争力。10年坎坎坷坷，像是做了一场噩梦。

很多个节点，小涂都可以做出完全不一样的选择，可因为对个人发展、伴侣选择、离婚与否等缺乏准确果敢的决断力，看不透，拎不清，以至于最终把生活搞得一团糟。

“你曾是我心里很酷的小姐姐，那个背上包就敢独自去远方求学、追爱的女孩，迷糊过也不能回头，向前走。现在也期待你是很酷的自己和很酷的妈妈，快开启新生活吧。”我压下酸楚，心疼地抱抱她。

重新启程得晚了，后期想逆转会更艰难，但选择了新生总是好的。

2

看过太多这样的故事，“意难平”的婚姻、不如意的职业，一路走来事事不顺、处处是坎、步步踏错，永远在哀怨。

他们往往难以获得舒服的人际关系，对于旁人多意味着麻烦和别扭，友情、爱情大多不顺。

那些拎不清的人，总有种混乱的特质，把日子过得一塌糊涂，一步步把自己的人生搞糟甚至毁掉，实在令人扼腕。

纵然个体命运确实和家庭、社会、时代等外在因素相关，但更大程度上，个体命运是自己的选择书写的。

《天龙八部》里的康敏，是一个很心酸的角色。艰难的成长历程，出众的容貌手段，她害了很多人，却未让自己活得好。她曾贪慕虚荣权势，利用美色改名嫁给丐帮副帮主，私通白世镜，污蔑乔峰；又曾渴望爱怜，临死前还想要乔峰的亲近……矛盾的她，一生的悲剧就在于“拎不清”，她有野心，却好似永远也不知道自己真正想要的是什么，什么都想要，什么都未得到。《金瓶梅》里的宋惠莲，也是如此。

当然，也有人清醒、果敢。1933年，民国女子孟小冬在天津《大公报》上，连发了三天分手声明：“……足见毫无情分可言。冬自叹身世苦恼，复遭打击，毅然决定与兰芳脱离家庭关系。是我负人，抑人负我，世间自有公论。”深爱如斯，面对梅兰芳的无情，孟小冬拒绝在纠葛里痛苦，选择及时止损，人生才别有洞天。

有人求仕途，有人求财富，有人求爱情……人生没有标准答案，只是如果明确知道自己要什么，就去争取什么，至少不会活得那么拧巴而痛苦。

很多人，并不是资质差或者运气差，大概是不明白自己真正想要什么，于是活得矛盾而纠结，往往痛苦不堪。

拎不清的人，很难过得好这一生。

3

拎得清，是过好一生的必要不充分条件。

“我想继续读研读博，可家里又总担心年纪大了影响找对象，我该怎么办？”

“婚后认清丈夫是渣男，不想委曲求全，怕伤害孩子，又担心旁人对离异女性歧视，要不要离婚？”

“老婆和老妈又闹矛盾了，我该站哪边，还是怎么做？”

…………

生活中有太多纠结，我们常易被表象的复杂烦琐障住双眼，困住思考，由此拎不清。

生活中拎不清，就会活得头昏脑热团团转；人生上拎不清，就会吃亏摔跤走岔路。

我们也许不能保证每个决定都100%正确，但我们至少可以更谨慎、更明智地去选择，让后悔率更低。

拎不清的人，未必是不认真对待人生的选择，而是缺乏良好的选择能力。

拎得清，是一种优秀的判断力和选择力。意味着，善于权衡，看得清形势、做得对选择、分得清轻重缓急、判得了利弊得失。

拎得清的人面对选择，不是草率的冒险，而是理性分析权衡后进行选择并坚定执行，且坦然承担随之而来的后果。

怎么能提升选择能力，尽可能规避风险、降低后悔率呢？

4

读本科时期，我上过一门和谋略学有关的专业课，有所思。大道至简，在了解自己、明确目的的前提下，“两利相权取其重，两弊相权取其轻”，便是我们所能做出的最好选择。

明白做选择的一般原则，也很重视认真对待，为什么还是容易纠结，迟迟无法决断呢？

人生充满着不确定性，面对选择时，难免恐惧和纠结。

于是很多时候，我们无法坚定地做出选择，无法独立地评估风险，我们不由自主会寄希望于外界，希望别人给我们指条路，或是直接复制别人的轨迹。如果别人的价值取向与自己相近还好，如果根本就相差很大呢？

我们往往害怕面对选择相应的后续，不敢承担不如意的结果，所以迟疑。可是尾随借鉴他人观点轨迹，未必最合你心，不如自行理性分析判断，人生才能留下最少遗憾。

要知道，有些选择，最初是不存在对或错的，往往是我们后来的行动让当初的选择看起来对或错。只要在往后的日子里通过努力，过得越来越好，当初的选择也就随之变得正确。

但有些选择，最初就存在对或错，一时看不清选错了就会后患无穷，越往后纠偏，相应的人生成本越高，有的甚至没有机会回头。就像面对腐烂的水果和新鲜的水果，选新鲜的水果未必多好，但腐烂的那个一定是有害的。

只要保持清醒，做好人生的判断题，其他题从容发挥就好啦。

5

及时止损，勇敢纠偏。

小学时，我们就学过一个成语“南辕北辙”，告诉我们，无论做什么事情，都要首先看准方向，若方向错了，那有利条件只会起相反作用。

我们推崇拎得清、选得对，就是为了避免这个境况。可是，人非先知，预案也是要有的，那便是及时止损。

股神巴菲特曾说：“投资犯错不可怕，最重要的是不能连续犯错，要及时止损。”

人生也是如此。

古人所说的“知错能改，善莫大焉”，正是一个止损的过程。立足大局，目光长远，通过眼前的放弃和割舍，避免更多不必要的牺牲，最大化保全全局。

我也曾优柔寡断，心中明知再继续下去只会越来越糟，可还是没有勇气果断转头，而是在错误的方向上继续蹉跎。现在回想起来，这样的自己，真是笨，让人又气又心疼。

勇于对“沉没成本”说不，是人生的应急预案，是大智慧。越拖延迟疑，付出的代价就越大。对于明知继续下去是错，或有更好的选择时，我们要快速果断地割舍已投入的成本，勇敢地迈向新方向。

走岔了路时，请一定记得：此刻回头便不晚，及时止损很勇敢。

先懂自己，而后识时务、懂权衡、知进退。

希望你凡事拎得清，拥抱想要的人生。

五、时间管理：吻住时间变美好

成长是一场长期战争，有人兵荒马乱，也有人从容自若。期待那么多，怎么能在有限的时间内尽可能实现自己的最多期待？

李开复说：“如果你问我为什么永远精力充沛、永远有用不完的时间，工作、社交、生活、兴趣什么都不落下。我想说，是因为我能管理好自己的时间。”

一个人能活得多广阔自由，就看他如何对待时间。

1

2016 年的夏天，我在杭州实习。当时我有了较明晰的想法，希望能以更好的自己去迎接 20 岁往后的战斗，我与自己和解，却想要和庸常抗争。

江南的梅雨时节，我认真地列下了清单：司考、国考、考研、减肥、运动、写作、阅读、护肤。当时觉得自己很上进，学业、工作、健康、爱好各方面我都考虑到了，多么美好的期待啊。

可是，日常却是力不从心的忙碌：司考的视频刚看十分钟，就想着先翻翻国考的书好了；国考的书没看几页，就想到附近烘焙店的绿豆冰糕和半熟芝士上架了，便直奔而去；单词没背几个，回个微信继而陷入手机；到了运动时间，想着先追一集网剧再去跑步，结果看完一集忍不住又一集，不了了之……湿热而缠绵的天气里，我拖沓而忙碌。

几个月眨眼而过，计划一事无成，愿望遥遥无期，体重却日渐增长。可以说是“听者落泪”的阶段性计划失败的负面典型了。

后来因时间紧张，我便放弃了司考和考研，直接准备就业。假如通过司考，至少就业会有更多的选择；假如读研，又是不一样的体验。并不是说努力达成什么，便一定会有更好的际遇，而是可以有条件去拥有更多选择。如果有更多可能性，至少可以给人生少留一些遗憾，而这正是我的期望。

可惜当时我还不那么明白这个道理，直到再走过些山山水水，隔着岁月回头，才意识到，眼前对时光的怠慢，日后会化为时光对自己的怠慢。

或许人生有很多个“几个月”，可是再也不是这时候的几个月了，虚度的时间不会再回来，而错过的就真的错过了。

此阶段欠下的，往后需要更多努力、更大代价来弥补。

时间是不可再生资源。一去不返。

2

懂得时间的价值后，也是真的忙，为什么还是无所成？

忙忙碌碌一天，任务没什么进展，计划总是打乱，身体劳累，精神疲倦，却没什么实在的收获和进步。一天天的，日子就这么过去了；偶尔一回头，自己都被吓到了，年华虚度，空有一身疲惫，徒然长了年岁，踌躇满志化为了沉默和自嘲。

最可悲的大概就是“你只是看起来很努力”，累是真的，无效也是真的。

那些活得如鱼得水的“成功人士”，同样一天不过 24 小时，却在忙忙碌碌中事业有成、家庭和乐、坚持爱好、运动健身，有条不紊，容光焕发，真是让人羡慕。倒不是说推崇追寻财富、名利、地位，而是推崇这种强大的人生掌控力。人各有志，能在漫长付出中收获自己想要的人生就没有辜负自己，此生不辜负就是成功。

你考前通宵突击复习，筋疲力尽内心焦灼，却没有意识到前边几个月的懈怠；你连续刷几十上百的快手抖音短视频，却没有意识到又过了 1 小时；你夜晚在办公室加班加点自怜自艾，却没有意识到白天低效浪费了好几个小时……显然，最大的问题不是没有时间，而是不善于持续高效地利用时间。

能真正掌控自己时间的人，才能谈得上掌控人生。

所有的“白忙”“瞎忙”，都是缺乏时间管理能力的体现。

时间的流逝不可抗拒，如何管理时间、度过人生却可以自己把控。

李大钊说：“谁对时间越吝啬，时间对谁越慷慨。要想时间不辜负你，首先你要不辜负时间，抛弃时间的人，时间也抛弃他。”通过有效的时间管理，我们可以实现对时间的最大利用率。

每一个当下都最大限度地珍视，那整个人生便也没什么好遗憾的了。

3

精力管理，是时间管理的本质。

精力指精神和体力，一定时间内，我们的精力是有限的。精力也有优劣之分，这关系到我们行动的状态和效率。

时间管理帮助我们把纷繁琐碎的事排出优先顺序，有利于我们最合适地安排好行动计划。但在执行中，即便态度认真，我们的执行效果未必如意。时间管理的目标是高效，而高效取决于我们的精力状态。

精力充沛，可以高效地完成目标，甚至可以同阶段做好多件事；精力不济，一件事都很难做好，甚至拖拖拉拉久难完成。

精力管理的基础，是规律而有营养的适量饮食和规律而良好的充足睡眠，“身体是革命的本钱”嘛。

每个人的精力来源都不一样，观察哪些事让你快乐、精神蓬勃、越做越有兴致，认识自己，找到属于自己的满血复活的方式。

我们以高效行动的原则管理精力，就是：合理分配精力，把最好的精力投入最紧急、重要、艰难的时间段。

同一时间段，面对的事越紧急、越重要、越艰难、越多、越具有挑战性，越需要竭尽全力应对，全神贯注关注，那我们必须投入最好的精力去应对；而对于那些不急、次要、简单的事，可以放在精力不太好的时候去做，因为这些事情的完成度和完美度对我们人生的发展并无太大的关系。

假如现在有一个任务，对我的阶段性发展非常重要，那我就会把目前精力最好的时间都用来完成此任务。精力不好时，再去做买菜、洗衣服、购物、打电话、聊天等琐事。精力极度欠缺时，可以通过喜欢的方式补充精力，比如我喜欢通过小憩、吃水果、逛烘焙店等活动放松心情、缓解疲惫。

4

时间管理有方法，也有技巧。

对此，世上已有名人大家的诸多论述。可以多看看别人的方法论，在实践中秉持“以我为主，为我所用”原则，多加实践，最后找到最适合自己的时间管理方法，并将其落实到行动中，根据实践不断调整。

我且分享自己觉得实用的几点：

其一，减少绝对浪费。

对于大多数人而言，每天都有相当一部分时间，是绝对的无意义消耗。比如，睡前习惯性拿起手机刷淘宝、刷微博，因为细枝末节的事而胡思乱想，逃避正事而打游戏等。这一部分时间是完全可以节省出来的。减少无意义的浪费，便是减少对人生无意义的消耗。

其二，利用零碎时间。

如何运用碎片化时间也是老生常谈的话题。零碎时间，适合用来做那些非系统、可割裂、能较快进入状态的事。尤其外界环境干扰大的时候，可以把日常琐碎的事处理掉，也可以舒展身体。比如，乘公交地铁时，可以看新闻、刷微信朋友圈、聊天等；工作期间上卫生间时，可以进行开合跳等简单活动舒展一下身体。

其三，细化人生计划。

时间管理落实到行动上，首先就要有计划指南，制订合理的计划尤为重要。我们制订计划时，要注意计划的可行性，并兼顾好长期与短期、宏观与微观、大方向与小节点。细化计划，更有指导性，有利于我们及时落实、反馈执行情况，从而督促我们更好地完成大规划。

其四，保持专注，断绝干扰。

我们并非生活在真空中，很容易受外界干扰，注意力很容易被五花八门的事分散。保持专注，才能全身心投入，才能保证行动的高效。这就需要我们做事前能尽可能规避干扰。比如，在写材料时，查完必要的资料后，可以把电脑和手机断网，避免微信和网页的时不时闪现。突来的外界信息会打断思路，自制力弱者还会就此荒废了正事，集中的注意力被打断后再次集中也是对时间的浪费。

最想要的人生，值得最珍视地对待。

百年不过朝夕，让我们吻住时间变美好。

愿活得广阔而自由。

六、优秀的你，请别被情绪左右

人生一局棋，心平气和，方不会为万象所迷。

能管理好情绪的人，最好命。

1

逛菜市场时偶见一幕：一摊位前，一名顾客选好要买的菜让卖家赶紧称量结算，卖家正在帮另一名顾客剥玉米就让其等一下，顾客催了几句就把菜一摔，卖家一看也生气了，两人吵着吵着就撕打起来，一时间玉米与菜叶齐飞，周围人赶忙拉开。

论初衷，两人不过是一方想买菜一方想卖菜而已，谁也不是为了吵闹出门的。最后却是，两人均一身狼狈，一地狼藉。

我看得目瞪口呆，因为小事闹得一团糟，真是可惜；情绪不稳定的人，真是可怕。

回头一想，我们难道不会被情绪裹挟而失控吗？

急着复印材料，复印机却刚好发生故障；急着去上班上学，偏偏遇上堵车；和恋人吵架后想出门散心，却看到对方和其他异性亲昵……这时你开始急躁、愤怒，情绪累积。“屋漏偏逢连夜雨”，往往“易燃易爆炸”。

此时，别人无意的一句话，都可能造成你的情绪“井喷”，甚至攻击。

累极，悲极，怒极，怨极，你会不会言行失控？

很多时候，我们也很容易不知不觉沦为情绪的奴隶。

2

什么是情绪呢？

情绪，是伴随认知过程产生的对自身、外界的波动态度。对于情绪的具体定义，百年来哲学家、心理学家和生物学家们众说纷纭，莫衷一是，但对其的解释和理解大体上可共通。

美国哈佛大学心理学教授丹尼尔·戈尔曼认为：“情绪意指情感及其独特的思想、心理和生理状态，以及一系列行动的倾向。”

情绪本身，是自然而然的，并无好坏之分。就像我们的身体在高温的环境中会感到热、在低温的环境中会感到冷，情绪的产生也是很自然而本能的反应。

情绪大体上可以分为积极情绪和消极情绪。无论哪类情绪，都可能带来正面或负面的影响。

正是因为其潜在的负面影响，往往容易酿成恶果、招致灾祸、造成不可控的局面，故不能放任之。

情绪不稳定的人，就像一个行走的火药桶，即便是细枝末节的小事也容易成为点燃火药的小火苗，随时都可能爆炸，伤人伤己。

极端情绪引发的惨案，对施加者和承受者，都是莫大的悲剧。

情绪的泛滥，就像肆虐的洪水，有着吞噬一切的负能量。

清醒的人，不受困于情绪，始终认真干正事；糊涂的人，无法专注干正事，时常被情绪左右。

提倡情绪管理，旨在通过发挥我们的主观能动性管理情绪，疏导情绪，控制情绪，以避免、减少其负面影响。

我们的情绪来自两个方面：一是自身，二是外界。缘由不同，管理应针对性调整。

3

对于来自自身的情绪，不放任，不压抑。

男孩小芋七岁时的一个夜晚，吵闹着要玩具车，父亲无奈而宠溺地带着他出门去玩具店。买完玩具车走在回家的路上时，意外徒生，一位酒驾的司机驾驶着汽车冲来，父亲只来得及将小芋推开。玩具车摔个粉碎，小芋失去了父亲，也从此生活在自责中。

“如果那天不是我执意要去买玩具车，就不会遇上那场车祸，父亲就不会离开，那就不会……都怪我……”后来的岁月，每每看到母亲的眼泪和悲怆，每每遇到挫折和困难，小芋都会想：都怪自己的过错导致父亲早亡，如果父亲活着一定不会有后来的那些悲恸和困难。痛苦和罪恶感压得他喘不过气来，他埋怨自己，觉得未来一片黑暗。

内疚等负面情绪长期凌虐着小芋，他厌食、厌世。即使长大后别人多一个眼神都会让小芋觉得自己被指责，进而暴躁失控，人际关系不好，事业家庭不顺。

可是，年幼的小芋闹着买玩具和遇到酒驾司机有必然的因果关系吗？当然没有，这场事故对死者而言是偶然的。悲剧令人心痛，但事情已经发生了就是不可逆的。小芋无辜又可怜，可长时间过不去这个坎，只会让这场事故对自己的伤害无限延长。

来自我们自身的情绪大致可以分为：归责自身、否定自己、悲观未来。

或是其中一种，或是几种兼有，很是常见。很多时候，发生了一些不愉快，有人总是把过错归责到自己身上而不停地自责内疚，即便是他人责任或只是偶然意外；有人因为一两件事没做好，就全然否定自己，认为自己什么都差，自怨自艾；有人因为过去和现在的不顺与困难，就觉得未来黑暗没有希望，干脆自暴自弃……

这些情绪，若放任之，便容易极端化，后果不堪设想；若压抑之，也不会消失，会极大内耗，消耗着我们的热情、快乐，损伤着我们的心理、身体，蓄势久了突然爆发，同样可怖。

我们遇到问题时，要尽量理性和客观，不能一味苛责自己。即便自己有过错，也应该是反思后迅速弥补，而不能沉湎其中、自暴自弃。要永远乐观，目光长远，学会自我疏导，对不良情绪不压抑，也不放任。

4

对于来自外界的情绪，不回应，不在意。

小芋故事中的酒驾司机平时也不贪杯，这天因为一个平日能力、业绩均不如自己的同事被提拔而感到不满、委屈，下班后喝酒解愁，以致惨剧。面对外界，我们的情绪无济于事，还会误事。

外界之因，有的是其确实不对，有的是不存在对不对。

对于外界的不对，我们可以试着寻求合适的方式去改变、解决，如果无能为力，大不了一走了之，即使眼前走不了那不代表以后也得困在这里，总不至于是绝境。比如，奖学金给了各方面比你差的同学，你觉得不公平，可以咨询辅导员老师，或申诉、举报，或暂且不计较以后再争取，无论哪条路，都一定比沉溺于愤懑耽误自己的学业好。

对于外界不存在对错的事，我们要调整自己的观念。这类情形带来不良情绪，很可能是因为我们自己缺乏边界感。比如，你看到有人在网上赞美你讨厌的明星，有人支持你反对的观点，你不喜欢的人过得比你好，前任找了比你优秀的现任……可能心里都容易滋生不舒服的情绪。可是，这世界并不是非黑即白，很多时候很多事是没有对错可言的，每个人的立场和思维不同，法律道德之内，人家做了你看不惯的事也不代表就是错的。不如强化边界感，对我们自身外的事淡化关注。

如果是外界传递了负面情绪给你，那也不要回应，时间多宝贵啊，可不要为不值得的人和事浪费。当你遇到那些胡搅蛮缠像行走的垃圾桶一样的人，千万不要搭理、不要计较。你只要离得远远的，继续走你的路就好。

5

学会转变思维，自我疏导。

幼年时听过这么一个故事：老太太有两个儿子，大儿子卖伞，二儿子晒盐。老太太天天愁：晴天，愁大儿子难卖伞；阴天，愁二儿子难晒盐。老太太愁来愁去，憔悴成疾。幸一智者献策："晴天好晒盐，您该为二儿子高兴；阴天好卖伞，您该为大儿子高兴。没啥可愁的。”老太太一听有道理，心宽体健起来。

可见，看待问题，学会转换视角，调整注意力，就会有不同的心情。

小兰穿了新买的小白鞋出门，在路上偏偏被人踩了一脚，那个人匆忙道歉后就跑了。她的好心情瞬间崩塌，认为这个人特别糟糕，咒骂不停。其实那人是一个重症孩子的父亲，为了筹集医药费多日没好好休息。孩子病情恶化，医院下了病危通知书，他正是从工地赶去医院，甚至可能是见孩子最后一面。小兰如果知道这些，只会同情他的遭遇，而不会计较这踩一脚的小事。

这世界看似光鲜，多的是我们看不到的侧面，众生皆苦，人人有不得已的隐衷。有同理心，多一些宽容体谅，于人大度，对自己同样是好事。

情绪管理能力受先天遗传影响，成形于我们的童年时期，这些我们虽无能为力，但可在长大后自行培育、矫正、优化。

影响、激发我们情绪的，往往不是事情本身，而是我们内心对此的解释。遇事别急着情绪化，尝试自我疏导，换个思路，多些体谅，对情绪不放任也不压抑，对恶意不回应也不在乎，保持情绪稳定，身心舒畅。

这项能力非常重要，相关的研究和书籍很多，丹尼尔·戈尔曼写《情商》、奇普·康利写《如何控制自己的情绪》、威尔·鲍温写《不抱怨的世界》、有川真由美写《整理情绪的力量》……多读多思考，用理论指导实践。

成事者，必是心理素质强大之辈，风浪将至而不乱，迷雾四起而不惧，沉着冷静，清醒睿智，不困于世相。

劝君切莫情绪化，人生飘忽流水下。
悲急怒闹亦痴傻，不如笑看满山花。

奥里森·马登的《一生的资本》言：“任何时候，一个人都不应该做自己情绪的奴隶，不应该使一切行动都受制于自己的情绪，而应该反过来控制情绪。无论境况多么糟糕，你应该努力去支配你的环境，把自己从黑暗中拯救出来。”

情绪横生，有人不动声色将之化为精神和力量，有人却只会放纵脾气把一切搞得一塌糊涂。

优秀的你，请记得，要做情绪的主人呀。

七、所有偷过的懒，都会变成来日的负担

眼前一时爽，来日或艰难。

1

“啊，好累！”跑完 8 千米的我，忍不住仰天长叹，“人生果然是不能偷懒的。”

2018 年春天，我在云南红河参加入职培训。培训基地管理严格，每日额定的训练量很大，对长胖了的我而言尤为艰难，每日浑身酸疼得像被牛踩了一番。尤其是培训结束还有极其严格的考核，直接关系是否可以转正。再看自己，体能不足，体重负累，压力非常之大。

其实一年前的我，还可以 46 分钟跑 10 千米，若以那时的体能应对现在的考核，绝对没那么大压力。可惜，当时减肥稍稍见效，惰性就主宰了四肢，运动计划一日日后推搁浅，肆意满足味蕾的欲望，确实是懈怠了。

于是乎，与日俱增的脂肪，与日递减的体能，变成现在不得不蹚过的大河。

我以为我偷懒得够小心，考验就追不上我。我错了。

肉嘟嘟的自己，也失去了很多的勇气，而这一切本可以避免。

我极度懊恼。

2

人生啊，真的容不下偷懒，眼前躲过的懒，会被一笔一笔记着，全化作来日必过的坎。

学口语上偷了懒，需要外语交流时只能张口结舌、手足无措；备考上偷了懒，来日的成绩、升学、就业等便困难重重；工作上偷了懒，来日的业绩、升职、加薪便难以如愿；感情维系上偷了懒，来日的隔阂、争吵就难以避免；子女教育上偷了

懒，来日的家庭危机只多不少……方方面面，无一例外。

《韩非子·五蠹》记载过一个故事：战国时，宋国有一个懒惰的农民，看见一只兔子撞在树根上死了，便放下锄头在树根旁等待，希望再得到撞死的兔子。结果自然再无所获，荒芜了田地，沦为笑柄。

这个故事衍生了成语“守株待兔”，警示后人。

生性自由散漫的我，只好时时刻刻加强对自己的思想教育，“最该奋斗的年纪，不能选择安逸”。

人之初，性本懒，好逸恶劳是人的天性。当我们偷懒时，会感觉瞬间很轻松，暂时逃避了困难和劳累。可是，所有偷过的懒，都会变成来日的负担，甚至会更加艰难。

从更长远看，得不偿失。

人生本就不易，还是别给自己挖坑了吧。

3

哪些偷懒是我们要努力拒绝的呢？

其一，懒于思考。

有句话很精辟：“战术上的努力掩饰不了战略上的懒惰。”

学生时代，我们就会发现，错过的题往往会错很多遍；单纯重复机械地刷题，对提高成绩收效甚微。这是因为形成了既定的思维习惯，所以就要从思维方式上矫正。比如总结题型，举一反三，就是更高效的学习方式。

人生路上，也是同理，我们不要懒于动脑，不要用机械而廉价的努力自我感动，要勤于思考，力争事半功倍。

其二，懒于行动。

克雷洛夫说：“现实是此岸，理想是彼岸，中间隔着湍急的河流，行动则是架在川上的桥梁。”

只有行动，才能迈开行千里的足，累上筑九层塔的土。想得太多，却什么也不做，不仅没有实际效益，还会平白增添焦虑和失落。

长期努力，不懈行动，才会有所成。

明朝理学家胡居仁说：“苟有恒，何必三更眠五更起。最无益，莫过一日曝十日寒。”

量变促成质变，需要时间。漫长的过程里，要持之以恒，循序渐进，把每一步都走扎实。厚积才能薄发。

4

我始终相信努力的意义。

我的大学同学中，大多数人本科毕业后选择了就业，但还有一部分人选择了读研和出国。读研的同学，除了上本校的，也有去北大、清华、政法大学、南京大学等名校的。对于学校管理严格、个人时间零散的警校生而言，真的很不容易。那些勤学苦思、奋笔疾书、星辰相伴的岁月，没有辜负他们。

或许一生漫长，得失难量，但每一个阶段都全力以赴，那未来一定不会差。

有的人，出生于普通家庭，通过努力考上重点大学，不懈奋斗，一路读研读博，过上想要的生活。

有的人，各种原因而早早进入社会谋生，主动学习专业技术，吃苦耐劳，自力更生，日子越过越好。

但有的人，出生于普通家庭，普通成长轨迹，学习偷懒，工作偷懒，习惯混日子，突然遇到波折，完全无力应对。

…………

我们努力，不是为了某种具体的利益，而是为了让自己在面对命运时有更多选择的权利。

希望有一天，你所做的每一个选择，都可以只是因为你想，而不是因为你只能。

好啦，你已经不是小孩子啦，不能再总是做舒服的选择，要坚定做正确的选择。

让所有努力过往，照亮我们的前方。

八、行动是对抗焦虑的终极战术

人生如求生于迷雾丛林，或跌跌撞撞里摸索前进，或原地幻想海市蜃楼，你选哪一个？

1

近来有师弟联系我，咨询如何缓解焦虑。言语间长吁短叹，粗线条的我都能感到那几乎要溢出屏幕的愁云惨雾。

师弟表示：自己大四了，准备就业，想考公务员留在北京，但是特焦虑，辗转反侧，夜不能寐。

我不解：目标明确，焦虑什么？

师弟赧颜：一是迟疑，担心以后本科学历没有竞争力，担心外地人留北京经济压力太大，还担心独生子异乡赡养父母的问题；二是困惑，拿不准申论和行测要优先复习哪一门，以网课为主还是面授课为主……看着离国考、京考、联考的时间一天天近了，特别着急。

我问：那么焦虑呀，那现在备考进度如何？

师弟失语，片刻后嘟囔：就是现在几乎没什么进度，才想来求助。

我无奈：开学一个月学习还没有任何进度，你能拿什么对抗焦虑？

三言两语无关痛痒的安慰没有实际意义，直面问题才能解决问题。

2

是不是很眼熟？类似的情境确实屡见不鲜：

焦虑学习，收藏各种经验文、四处请教方法论、反复制订无数个计划、报线上线下各种辅导班，可真正的学习反而没开始；

焦虑减肥，收藏数篇减脂干货文、办健身卡、下载各种相关 APP，可真正关键的“管住嘴、迈开腿”迟迟没能开始；

焦虑脱单，看了无数星座解析和情感文、和朋友论证无数次、分析可行性无数次，可始终迈不出第一步去扩大交际圈或联系喜欢的人；

…………

我是一路莽莽撞撞走来，太懂得那种举目茫然、内心焦灼的难熬了。

德国作家赫尔曼·黑塞在《在轮下》里说："面对呼啸而至的时代车轮，我们必须加速奔跑，有时会力不从心，有时会浮躁焦虑，但必须适应，它可以轻易地将每一个落伍的个体远远抛下，甚至碾作尘土，且不偿命。"

我们立于世，无法避免焦虑，那么怎么正确地应对这种情绪就尤为关键。一方面，认可其积极意义，焦虑可以一定程度上督促我们不懈怠；另一方面，警惕其消极意义，提高执行力。

执行力，指为达成目标、完成计划而进行有效行动的能力。少年时，我在企业管理相关理论中最初接触到这个概念，后来发现引入人生管理也很贴切。

你犹疑目标，顾虑每一步不够完美，困惑途径，于是迟迟没有行动。

可是，不是因为时间紧张才带来焦虑，相反，是焦虑让我们无法掌控时间。

我们之所以焦虑，就是因为想得太多而做得太少。

明代哲学家王守仁提出"知行合一"，哲学强调理论指导实践，不正是说明行动的重要性吗？

行动，是对抗焦虑的终极战术。

3

明确决心，统一意识，清除思想阻力。

很多时候，我们看似缺乏执行力，其实根源在于我们不那么想做。

比如大学时，有的资格考试我报考过多次，可结果总是不如意。

后来我也曾反思：考试很难吗？不是。我资质愚钝吗？不至于。没有实际行动吗？也不能说完全没有，买了学习资料，可有效学习不够。

最后发现问题出在思想上：我内心深处不够重视这门考试。意识上，我想考，因为觉得多点证书总是好的；而潜意识里，我不想考，觉得这个证书对自己就业影响不大、不重要，所以总是裸考。

意识与潜意识不统一，思想上的阻力才是行动上的根本障碍。

基于不够想做而去做事，其实只是表面的“我已经决定”，往往内心深处还存在顾虑、纠结、恐惧等，并未真正下定决心，那么必然无法坚定地行动。

就像一个人一边急于通过相亲找对象，一边又排斥相亲这种认识方式，那一定是每次相亲心里都拧巴，结果可想而知。活得多别扭啊，何必呢？

在想做事之前，就要能自己说服自己。唯有统一意识与潜意识，明确决心，制订合理的计划，才能不回头，不左顾右盼，专注前行。

心无旁骛才是赶路人。

4

消解顾虑。比起完美，完成是更值得追求的优秀。

假如，眼前有个新项目，有前景但也有难度，这时你会：

A. 等方方面面做好充足的准备就开始。

B. 把握时机先着手，边行动边准备。

有一部分人和我一样，会下意识选 A，想等一切准备就绪再开始，可是往往容易因为某方面还有欠缺而迟迟没有开始，有时甚至就这么错失时机。

为什么我们往往不愿意快速开始？多数时候是完美主义作祟。

想要准备完美再开始，是因为害怕失败，想要一举成功。这样的出发点毫无问题，可是由此对失误、欠缺的零容忍，容易让人吹毛求疵而拖延，反而成为掣肘。

比起耽误时间错失良机而只余空想，完成岂不是比小概率的完美更重要？伏尔泰说的“完美是美好的敌人”，也是这个道理。

“成大事者不纠结。”科学实验尚且容许误差，很多事情能大致完成已然不易，该下手就下手，大不了先奠基咱们再慢慢优化嘛！

满分难常有，完成即优秀。

5

拒绝拖延，立即行动，用执行力抚慰焦虑。

你想，世上哪种生存可以完全避免焦虑呢？要么积极努力，在焦虑中渐渐接近自己的期待；要么原地空想，在焦虑中慢慢一无所成。

“天下武功，唯快不破。”在竞争激烈的市场上，同类新产品哪家团队先推出便可抢占先机，其他团队拖延中即便优化了也很难再与之匹敌。

“deadline是第一生产力”这理论被大众广泛验证。我也曾有拖延的坏习惯，越重视的事越容易拖延。至今记得，本科毕业论文提交前夕，我和室友怡然、心昕通宵奋战。如果时间再宽裕些，我一定能完成得更好，可正是想要做到更好的想法让我前期在准备工作上浪费了很多时间，徒然焦虑。而执行力强的同学们早早完稿，还修改了多次。匆忙与沉稳，高下立见。

我们拖延派还在纠结、顾虑中焦虑时，行动派已然越跑越远，人与人之间的差距就是这样越拉越大，以至于云泥之别。

拖延绝对是执行力的头号大敌，平白消耗了时间，或最后关头再身心憔悴地背水一战，结果难说；或拖延久了不了了之，连试错的机会都失去了。

正如戴尔·卡耐基在《人性的优点》里说：“别去展望那些遥不可及的前景，我们当务之急就是应付眼前的事物。”

嘿，just do it（尽管去做）！

知行合一，方可披荆斩棘。没有执行力，一切都是虚妄。

比起沉溺于只有空想的海市蜃楼，宁可在一次次不完美的行动中反思提升。

老子《道德经》有言：“合抱之木，生于毫末；九层之台，起于累土；千里之行，始于足下。”

一行动起来，就踏上了闯荡星辰大海的万里征途。

九、最好的处世：让别人舒服，自己自如

叔本华在《人生的智慧》里写道：“人，就像寒冬里的刺猬，靠得太近会痛，离得太远会冷。”

适度的距离最好，彼此留有自己的空间，却也不至于冷漠疏离。

保持距离的亲近友好，懂得合适的相处之道，才是最好的关系。

1

少年时代认识一个姑娘，人称“小辣椒”。小辣椒为人直率、善良、热情，总是能迅速和新认识的人熟络。可奇怪的是，她没有长久的朋友，明明看着亲密的伙伴往往过几日就和她疏远了。

熟识后，我才发现，小辣椒人品没问题，但说话总是没有分寸，用现在时兴的词描述就是，处世没有“边界感”。

同学 A 开心地分享自家姐姐近期要结婚的好消息，一片祝福中，小辣椒却大声说：“人家都说，未婚先孕的才会着急办酒席嘛。”同学 A 气得大骂小辣椒，大家面面相觑，场面很是尴尬。

同学 B 家境不好，每次吃饭都是打两个最便宜的素菜，小辣椒语重心长地说：“你应该每顿有荤有素，营养搭配。”同学 B 满脸通红。

同学 C 晚自习在计时刷模拟题，小辣椒想去上厕所，就非要拉着她一起去，软磨硬泡：“我们是好朋友，你怎么可以不陪我去呢？”说得同学 C 感觉自己不陪她都像是人品不好。

如此种种，难免有摩擦，小辣椒总是一脸无辜：“我这人性子直，说话直来直去，你们别介意啊。”

长此以往，好多人都慢慢疏远了小辣椒。

年少时候的友谊，或许不讲边界会营造出一种亲密无间的感觉。但小辣椒这样说话不知分寸，已然会不自知地伤害到别人。这样的交际方式若是延续到成年，负面影响会更大。

2

“涵养与修养并非虚伪，故意使人难堪并非率直，这里边有很大分别。”亦舒此言甚是。

大多人际关系不和谐的情形，问题往往出在一方或双方缺乏边界感。

我国自古以来就是一个讲人情的民俗社会，人是环境的产物，大多数人缺乏边界意识，更热衷于“亲热”“互助”这样边界模糊的人际关系，反而觉得说“边界”有些冷漠。

大概，我们天生趋向于寻求认同感和归属感。因而，容易理所当然不自知地模糊了交往的界限。

我们天然地赞美善良、真诚，却容易忘记好的初衷也需要好的表达方式，才会有好的效果，否则反而容易弄巧成拙。

苏轼在《上神宗皇帝书》中曾道：“交浅言深，君子所戒。”实乃箴言。

那个叫小辣椒的女孩，从来没什么坏心眼，甚至有时候说话做事的出发点还是好心，但因为缺乏边界感和不恰当的表达，反而伤害到朋友们。

小时候，或许可以说童言无忌；长大后，不求口若悬河、舌灿如莲，至少讲话不给别人添堵，这是基本素养。

若想让人际关系更舒服、更融洽、更长久，比起无分寸的“亲热”，有距离的“边界感”显然更重要。

3

《红楼梦》中有言：世事洞明皆学问，人情练达即文章。

为人处世这门大学问，自有大效用。

良好情谊的本质，是喜欢、舒服和抵御孤独，而不是折现、利用和资源交换。

当然，实现共赢是最好的。只是说，基于我个人的价值观而言，我主张的处世标准是，不卑不亢，让别人舒服，让自己自如。

不想勉强他人，也不愿委屈自己。

大事不含糊，小事不计较，有原则，有底线，也有温度，有情怀。

鬼谷子言：“变化无穷，各有所归。或阴或阳，或柔或刚，或开或闭，或弛或张。”

世间万事万物，都有阴阳、刚柔、开闭、张弛之道，懂得平衡适度的人，必是能将各方面把控好的人。

结合古人思想，我将处世论总结为：外圆内方，刚柔并济。

4

恰到好处的方圆、刚柔兼顾，是大智慧。

“圆”与“柔”，意味着适度的退让、体贴、温情，但过度会显得圆滑、软弱。

“方”与“刚”，意味着正直、坚定、有原则，但过度则会显得固执、死板，甚至影响人缘、招致灾祸。

唐张怀瓘在《书断》中提了这么一个故事：南朝齐代，有个叫王僧虔的书法家，书法造诣深厚，隶书写得流畅飘逸。一日，皇帝提出要和王僧虔比试书法，君臣二人都认真写完一幅字后，皇帝问王僧虔：“你说，谁为第一，谁为第二？”他心思一转，流传千古的绝妙答词如是：“臣书臣中第一，陛下书帝中第一。”皇帝一笑，不再追问。

王僧虔觉得自己的书法水平高于皇帝，不想违心回答，但又不想让皇帝丢面子，不敢得罪皇帝，怎么办呢？

通过巧妙分组的回答，既满足了皇帝的好胜心，也维护了自己的价值观。睿智而率真，不过如是。

诚然，融洽而舒服的人际关系，很多时候和交往对象也有很大关系，所以识人择友同样可深思一番。

“晚清中兴四大名臣”之一的曾国藩认为，交友贵雅量，要“推诚守正，委曲含宏，而无私意猜疑之弊”。他曾专门对交友提出了“八交九不交”。

在人际关系的经营上，很多时候也存在着“选择比努力更重要”的情形。

谈处世并非世故，高阶的处世往往意味着，可以更游刃有余地实现自我追求的智慧。

十、愿你胸中有丘壑，眼里存山河

生命格局的关键在于认知格局。认知决定高度，努力决定进步，格局里见未来的路。

“坐拥云起处，心容大江流。”大格局，意味着宽广的胸襟与开阔的眼界。你的格局里，藏着你走过的路、看过的书、阅过的人，也不动声色地预示着你的未来。

此心山高水阔，自可见天地澄明。

1

大格局必有大度量。

余秋雨说：“人的生命格局一大，就不会在琐碎妆饰上沉陷。”

旧识夕夕是个容易困于情绪的女孩，总是心有千千结，郁郁寡欢。日常生活中，各种琐碎小事都容易引起夕夕好多天的心情不悦。一次期末考试前，因为室友的无心之过两人发生了争吵，夕夕一直耿耿于怀，完全静不下心来复习，结果考试考砸了，和本来亲密的室友也产生了隔阂。不只是对别人苛责，夕夕对自己也是。和暗恋的人一起参加活动，因为紧张出糗而暗自懊恼好几日，干什么事都提不起精神来。

对别人的过错，一味要求你凡事原谅，是道德绑架，我们不要用别人的过错惩罚自己；对自己的过错，适度反思反馈即可，也不该用过去的错误惩罚现在、耽误未来。

正是唐太宗的广开言路、虚心纳谏、知人善用的包容，才成就了贤臣辈出、万国来朝的贞观盛世；正是张英“让他三尺又何妨”的大度，才有了“六尺巷”的后世美谈。

中学时代学地理时，接触到一个概念“环境自我净化能力”，很多年后，我突然意识到，此概念尽可类推，我们何尝不是如此？当我们的心怀如杯中之水时，滴入几滴墨，杯中的水便会浑浊；当我们的心怀如江河湖海时，即便倾倒一桶墨，也无大碍，完全有能力把这些负面的东西自我净化掉。

对他人，不必苛责；对自己，也别计较。

“心随长风去，吹散万里云。”没有闲事挂心头，才是人间好时节。

格局大者，心胸宽广，不苛责于人，不为难于己，心态平和舒畅。

2

大格局必有大智慧。

曾国藩断言："谋大事者首重格局。"

诚然，眼睛只看得到身前半米，走一步算一步，决计谋不了人生全局，更莫说百年大计。

如果你喜欢读历史、传记，会发现有所成者往往是有远见卓识之人。我们都知道，每个时代的人必然都有其历史局限性，不能用踩在前人头顶的眼光来轻飘飘地评判过去。但即便在"今人笑古人狭隘，后人笑今人短浅"这样的普遍情况中，也能看到有那么一些人的智慧超越了时代，或是治国有道的帝王，或是目光如炬的学者，或是决胜千里的将军，或是颇有建树的官员，或是保身求全的门客，或是育子有方的父母……这种"有所为"非常可贵，不在于其一定立何万世功勋，而是即便今人穿越回去，在当时的背景形势以其当下身份，也未必能做得再好了。

前人之事可以为鉴，这样的比对思考使人通达。

我也曾因为一些小事而情绪汹涌，当时甚至觉得黑云压城、大厦将倾。很多年后，当我走过了更多的路，经历过了更多的事情，再回顾旧事，才意识到当年很多的大动干戈、如临大敌其实全然没有必要。

读小学时，我曾因为家庭作业完成不好而被老师要求请家长，当时觉得老师的否定是最严重的事了，好几日都很害怕。可是再长大一点就知道了，没关系的，即便自己做得不好的，慢慢改正就好，要给自己一点容错率。

少年时，考试失利、被请家长、暗恋无果、感情不顺、朋友闹掰……当时你觉得天大地大的事，过几年，再过几年，就会觉得日渐无关紧要。当你看到人生路上的千山万水，那些过往的温柔乡或是小泥塘，实在不值一提。

我们一生的时间精力是有限的，不要陷在眼前。日后天大地大，你要看到，要向前走。

格局大者，远见卓识，不局限于一时一事。既能见微知著、因势利导，又能防微杜渐、未雨绸缪，趋利避害，把控全局。

大格局必有大情怀。

张载有言："为天地立心，为生民立命，为往圣继绝学，为万世开太平。"每每读之，热泪盈眶，年龄愈增，愈加自知平凡渺小，但仍旧觉得每个人都能做点什么，都应该做点什么。

费孝通在《乡土中国》中写："在人生拐角处，我们的格局不是一捆一捆扎清楚的柴，而是好像把一块石头丢在水面上所发生的一圈圈推出去的波纹。每个人都是他社会影响所推出去的圈子的中心。"

要相信自身的力量，我们不是孤立的个体，还与更多的人发生着关联。

BBC有部神剧《她说：女性人生瞬间》，总共8集，每集都是一位以极大个人成本公开发表意见、挑战现状的女性，以独白方式讲述自己的一小段人生，令人动容。

女性的抗争、解放、崛起，正是因为有无数前辈舍身战斗，才勉强能有今天这样的局面。要知道，18世纪以前，各国妇女几乎没有政治权利，诸多压迫不忍回顾。即便如此，性别歧视在今天依旧存在，女性的路相较男性，始终更艰难。

再看，国防、教育、医疗、法治、经济……当下的一切，倒退50年又是何局面？即便如此，今天的社会仍存在很多问题，"生于忧患，死于安乐"，稍有懈怠，历史的灾难或将卷土重来。你看啊，战争离我们，也才过去几十年而已。

我们不能忘记，我们如今能安然享有的任何一点自由，都是无数前人奔走呼号、披荆斩棘、舍生忘死争取来的。我们更不该忘记，我们得享的任何一瞬安宁，也是无数前人鲜血浇灌、尸骨堆砌而成的。

"天下兴亡，匹夫有责""覆巢之下，焉有完卵"。尽管不是每个人都可以成为左右天下局势扶大厦于将倾的大人物，但至少我们都可以做让社会因为自己的存在而变好那么一点点的小人物，我们可以，也本该如此。一代代年轻的我们，就是时代的未来。

格局大者，"已识乾坤大，犹怜草木青"。有什么层次的追求，就会得到什么层次的馈赠。只要愿意发光，就不会再是微尘。

愿识得乾坤大，亦怜草木青。

明代徐文长曾叹："八百里山河知是何年图画，十万家灯火尽归此处楼台。"登高方可望远，格局见结局。

格局意味着胸襟、见识、胆略、情怀、智慧，走过世事浮沉，格局大者的灵魂依旧鲜活而明净。

莫困于眼前一时一事，我们要看到时间之长远、空间之广阔。人生这一局，落子无悔，开拓格局，铸就未来。

愿你胸中有丘壑，眼里存山河。

第四章　我敢坦然爱你

一、喧嚣时代，我们谋生亦谋爱

“谋生与谋爱，你选什么？”

“我都要。”

1

不知从何时起，常常听到不同的人对谋生与谋爱孰重孰轻的种种讨论：

“干得好和嫁得好，哪个更重要？”

“先脱贫，还是先脱单？”

“要面包，还是要爱情？”

…………

干得好、脱贫、面包等，是对物质的追求；嫁得好、脱单、爱情等，是对感情的渴望。天高地迥，宇宙无穷，众生凡夫俗子，生不过百年，大抵碌碌一生不过是为谋生与谋爱二事。

“少年听雨歌楼上，壮年听雨客舟中，暮年听雨僧庐下。”同一场雨，年纪不同，阅历有别，心路自然殊途，所思所想也各异。

处于不同人生阶段的人，对谋生与谋爱的思考，基于自身经历和期许，自然也是众说纷纭，莫衷一是。

二十多岁的我们，初入社会，人生的大幅画卷刚刚铺陈在眼前，面对个人发展的无限可能，憧憬着，茫然着。同时，感情漂泊不定，事业根基未稳，焦虑着，纠结着。

2

有人说，谋生更重要。

亦舒在《承欢记》中说："生活中依赖别人，又希望得到别人尊重，那是没有可能的事。"

经济独立是人格独立、情感独立的保障。经济基础决定上层建筑，先生存，才能谈生活。

此生难料，唯有具备足够的经济实力，才能在偶撞风险时，稍微从容不迫。这份物质带来的安全感，是生活对我们努力的最好的馈赠。

谋生是赚钱的，谋爱却是花钱的。喜欢或许可以是柏拉图式的，但落实在生活中谈恋爱的经济成本是实实在在的，吃饭、游玩、买礼物等，处处需要钱。"贫贱夫妻百事哀。"当我们尚且没有能力养活自己，又怎么能谈得上与恋人一起过上理想的生活？

在谋生的道路上，我们跌跌撞撞，摸爬滚打，闯过一个个关卡，翻越一座座高山，自身也在磨砺中升级。我们愈加成熟、智慧、自信，财富和见识逐渐积累。综合实力的增长，不仅能让我们在遇到想追求的爱情时更有勇气，也能更有底气地为爱情的落地生根、开花结果撑起一片天。

连岳说："爱情是两个强者的风花雪月，不是两个弱者的苦大仇深。"

爱情，是我们一起积沙成塔、开疆拓土中花前月下，而不是衣食无着、牛衣对泣中怨天尤人。

这是我们一生中的黄金时代，最充裕的时间和精力应当放在最重要的事情上。

何况，世间事，感情是最没有道理可讲的，无章可循，可遇不可求，并不是努力就能圆满。从经济学的角度来看，与其为爱倾尽一切，不如投资自己去拼得一切。当你更好时，自然会遇到更好的一切，也能更有能力去守住你想要守护的。

即便最后感情难得圆满，但这些努力拼搏的时光，收获了更好的自己，终究无憾。

3

有人说，谋爱更重要。

杜拉斯说："爱之于我，不是肌肤之亲，不是一蔬一饭。它是一种不死的欲望，是疲惫生活中的英雄梦想。"

对于大多数普通人而言，谋生是一辈子的事，而谋爱往往只是一个阶段的事。一辈子的事，自然也不急于一时；而一个阶段的事，此时错过了可能就永远错过了。

什么年纪，就应该做什么事。天行有常，如自然界里，在四季轮回中，植物应时发芽、开花、结果、枯萎；在日升月落中，动物苏醒、活动、睡眠。年轻时不谋爱，更待何时？

无法忽视的是，脱单已成为一个普遍的社会问题，普遍存在"年纪越大越困难"的现象。的确，很多优秀的男性女性，即便年龄偏大同样可以轻松收获令人羡慕的美好爱情和婚姻，这些可以跳脱出"社会时钟"的年龄限制活得畅快淋漓的人，我敬佩且祝福。但是，现实中存在更多的人，在年龄增长中并没有积累、提升与之匹配的能力、条件，对婚恋的要求却"居高不下"，自然年龄越大脱单越困难。

在很多鸡汤文一味鼓吹"晚婚嫁给爱情更好"时，我们一定要清醒。每个人都有选择自己人生的自由，无论是否婚育都应被尊重。但是，我们不要在别人的地图里迷失自己的方向。假如你本身是期待着恋爱和婚姻的，那请一定认清现实：其一，晚婚也未必就能嫁给爱情；其二，你的努力和成长，是否足以抵抗年龄的衰老？

古人说："先成家，后立业。"我坚定地主张，恋爱、结婚、生育都不是人生的必选项。但是，如果期待婚恋，那不如早早积极对待，把握住缘分。毕竟没有月老提示我们那个对的人到底是谁，可能要交往过很多人，才能最后遇到那一个人。如果能很早就遇到对的人，二人齐心，一起构筑共同期许的未来，多好。

和喜欢的人一起走进想要的未来，才是最期待的未来。

4

谋生与谋爱，都很重要。

人生苦短，不想遗憾。谋生亦谋爱，有何不可？

物质，是我们谋爱的底气；爱情，是我们谋生的动力。

世间定有双全法，不负生存，不负爱情。

我们骨子里趋向于安稳，而把未来寄托在某个人身上，是最不稳定的，无论是亲人、朋友，还是爱人。这一生，要自我成全，不幻想，不依赖。

“你一定要努力实现经济独立，不然某天谁只是给你转了 521 元钱，你可能就会误以为自己遇见了爱情。”我们要努力，不至于迷失在浮于表面的小恩小惠、虚情假意里，不至于因此而错过真正的爱情。

三毛说：“爱情如果不落在穿衣、吃饭、睡觉、数钱这些实实在在的生活中去，是不会长久的。”有未来的感情都是具象的，具体到柴米油盐，具体到细枝末节。

物质的充裕让我们爱得更安心、舒适，爱情的滋润让我们活得更有滋有味、有声有色。

谋爱，我们的经济成本和生存压力变成了双倍，可同时，我们谋生的成长、动力、收获也可以是双倍的。

物质基础保障着感情的发展，感情激励着我们更努力地去创造、提升物质基础。

懂得在感情和生活中找到平衡，懂得如何把握自己的命运，这种对人生的掌控力，才是人生最大的安稳。

我选爱情，你说我天真。

我选面包，你说我功利。

我说我都要，你说我贪心。

可是呀，这本来就不是非此即彼的选择，谋生与谋爱也不是此消彼长的对立关系。

谋生是谋爱的保障，谋爱是谋生的动力。二者也可相辅相成，协调统一。

一路上，我憧憬着拨云见日。

这一日，我遇见了你，忽然就懂了莞尔一笑后的情深意长。

我们并肩策马，看花谢花开，听风起雨落，任环佩叮当作响，鸟雀呼晴，说笑间，我们又走了好远好远。

我想要更好的自己，也想要你。

我想要和你，一起走向更好的未来。

喧嚣时代，谋生亦谋爱，成全属于我们的蓝天碧海。

二、爱要赶快，悲喜表白也要趁现在

劝君莫惜金缕衣，劝君须惜少年时。

花开堪折直须折，莫待无花空折枝。

——《金缕衣》

走在小城的街上，时常会听到路边的小店喇叭叫卖："走过路过，千万不要错过……"短短数字，却有触动心扉的力量。

待这一生走过，看尽潮起潮落，行遍万水千山，对对错错，得得失失，如何权衡？谁会想辜负遗憾，可谁又能自万丈红尘全身而退？

亲爱的你，勇敢一点。

别让美，等到下一个春天。

现在就是最好的时光。

1

大学时一个盛夏的周末，我和姐姐打完电话已是深夜，夜深人静去洗漱时，碰到两位宿舍在同楼层的大四师姐。

A师姐在水房一边吐一边哭，泪眼蒙胧，无助得像个孩子："……原来他也是喜欢我的呀，为什么今天才说？为什么我们就错过了呀……"

旁边照看她的C师姐，一边递纸巾一边叹气："一个打死不说，一个装傻到底，猜来猜去不就毕业了嘛。"

原来，A师姐很早以前就偷偷暗恋同班优秀的D师兄，因为羞涩自卑，从来未曾启齿。不曾想，D师兄不知不觉也喜欢上了活泼开朗的A师姐，许是内敛不自信，许是顾虑太多，也一直默默把喜欢放在心底。直到这次毕业前的班级散伙饭上，喝多了的D师兄在玩"真心话大冒险"时说漏了嘴："你一定不知道，其实我以前一直很喜欢你。"

A师姐一愣，心里似是有半座城池轰然倾塌，又惊又喜，欢喜转瞬即逝，悲伤接踵而至，满心的情绪最后也只是化作一句“谢谢，祝福你”。

是呀，事到如今，还能说些什么呢？

那已经是毕业季的5月，大四的师兄师姐们几乎都已签好了工作。一个西北，一个东南，一纸派遣，分离在即。

明明安慰过自己无数次没关系的，却还是有那么点不甘心，所以伤心，所以哭闹。明明是彼此相互喜欢，明明是不早不晚刚好遇见，怎么就无疾而终、自此别过了？

如果当初能勇敢，结局又会怎么样？

自此天各一方，也许此生不见，只愿你岁岁平安。

有些话从来未曾说起，大概就不必再说了。

2

“你以为你是谁呀？你少管我！”小唯刚怒气冲冲地和老爹吵完架，就准备提前返校。

可真正背起行囊要离家远走的时候，她心里已经开始后悔和老爹吵架了。毕竟老爹唠叨也是担心自己，怕自己所爱非人，怕自己不够努力以后过不好。毕竟老爹离婚后这几年独自带着自己生活，一路走来太不容易。毕竟老爹真的老了。

其实这些她都知道，恶语说出口时小唯心里就一直难受。可是带着些许少女骄矜与敏感的小唯，偏偏和老爹一样的倔脾气，一样的傲娇好面子、爱较劲，不愿先低头。以前父女吵嘴都是冷战个三五天才讲话，这一次离家前话在嘴边转了好几转，最后还是没说出口。

算了，等过几天回学校了，再打个电话哄哄老爹吧。小唯郁闷着提前回了学校。

过了几天，小唯还没来得及给老爹打电话，就接到大伯的电话：“小唯，快回来，你爸爸出事了……”“什么？”“交通事故抢救无效”的信息撞击着耳膜，其他话已听不太清，小唯一下子只觉得天旋地转、天昏地暗，瘫坐在地。

老头儿，你可别吓我，你不是要训我一辈子嘛，你不能说话不算话啊。

老头儿，你不是还要看我撞南墙、跌跟头、被社会打磨嘛，不是说了要看我嫁人生子、还儿女债嘛，你得等我呀，咱们说好了的啊！

老头儿，你是我最重要的人啊，我还没和你说对不起啊！

小唯痛恨酒驾的肇事司机，痛恨世事无常，更痛恨自己往常的任性。

再能言善辩的人，面对生离死别也说不出合适的安慰，任何语言都显得那么苍白无力。

山河万里，故人长绝。

“老头儿，我爱你啊，很爱很爱你啊！”

有些话还没有说，有些事还没有做，总想着还有时间，谁曾想很可能就再也没有机会了。

3

等待是多么笨拙的选择。

“等到自己好一点、再好一点，再开始一段感情吧。”

“等到下一周，再洗心革面，好好开始我的计划吧。”

“等到下一次遇见，一定记得说一声抱歉和谢谢。”

…………

恋爱，学习，表达……永远纠结犹疑，永远徘徊不前，结果往往会不尽如人意，或“曾经的你是最好的你，后来的我是最好的我”，或学习、减肥各种计划一天天拖延，或很多想说的话再找不到机会……

也许是懒惰怯懦，也许伪完美主义想等一个最好的时间开始，而那些憧憬期待不知不觉遥遥无期。

也许是自卑拘谨，也许是觉得余生漫长，总之那些千回百转的心事或是简单热烈的话语往往搁浅，最后脱口而出的反而是最无关紧要的旁枝末节。

两颗心就是不同的两颗心，心心相印的概率微乎其微。

那些“在干什么”的背后也许是“我有些想你”，“有空没”的背后也许是“我想和你聊聊”，“早点休息”的背后也许是“我很关心你”……大家都那么忙，如果不是在乎，谁有时间消磨在这些不痛不痒的句子上。

原谅我一直以如此古老而笨拙的方式爱你。对于如何温柔地爱和被爱，我好像总是无能为力，不得章法。

时间的荒原之上，在这相遇离散周而复始的一生里，聚散有时，我还会走很远的路，还会遇到很多的人，可是也许再也见不到你。

人生啊，怎么经得起等待？

现在，就现在，趁尚有呼吸，趁热情勇气还在。有些机缘，就像花心的露珠、草尖的夜霜，得趁天未破晓、旭日未升。

愿你懂得那些只言片语和沉默行动背后的情深义重，更愿你能勇敢温柔地表达和倾诉，活在当下，不负此生。

爱要赶快，悲喜表白也要趁现在。

很多话要说出来，人生经不起等待。

盛年不重来，莫负好时光。

三、亲密关系困难症候群：爱无能vs爱饥渴

“为什么你始终无法拥有舒适长久的爱情？”

“我大概有亲密关系困难症。”

1

爱是一种能力。

情感自由是最高阶的爱的能力。

有人犹犹豫豫，想触碰却又缩回了手，在不确定对方是不是自己命中注定的“对的人”中迟疑，害怕结束而一直拒绝开始。

有人寻寻觅觅，辗转流浪在不同的怀抱，急切地想在茫茫人海中找到自己命中注定的“对的人”。

陷入亲密关系困境，成为众生常态。

很多人认为，脱单的难处在于很难找到那个和自己两情相悦的人。

其实，很多时候，我们面临的亲密关系困难症不是缘分问题，而是爱的能力问题。

王小波的《爱你就像爱生命》中说："能不能爱是一个人能够最终得到爱的关键。"如果我们不懂得爱，就无法遇上爱；如果不会去爱，即便被爱，没有积极良好回应的关系也迟早分崩离析。

如果缺乏爱的能力，即使那个"对的人"出现了，我们也无法认出他来，自然是擦肩而过，有缘无分。

亲密关系困难症候群，常见两类人：爱无能、爱饥渴。

2

爱无能：我擅长预设你不会喜欢我。

小佳突然很想和一个人聊聊天，满含隐秘的期待，小心翼翼地打了一大段话，准备发送的时候，却又极度悲观和不安，一改再改，一删再删，每个字都经过了八百遍校对。最后，说服自己"算了吧"，关闭对话框，放下手机，对自己说了声：晚安。

小佳总是如此，每每想主动靠近喜欢的人时，权衡推演中，间歇性沮丧绝望。

即便是喜欢的人想要走近她，她也会忍不住地后退和逃避。她很害怕，在不能确定对方对自己的态度、能否接受改变现有生活状态以及这段感情能否有未来之前，她真的不愿意开始一段感情。她不敢。

看似冷静现实，实则无能为力。

我们身边有太多这样的人，甚至我们自己也会这样，或许是抵触风险，或许是害怕失望，或许是曾爱得伤筋动骨，往往对爱与被爱有些无能为力的恐惧。心动时，第一反应便是否定、压抑和忽视。

我早已习惯了预设离散，习惯了克制心动。

可是，我不想再错过了，我正在笨拙地学习爱与被爱。

仍旧期待着，有这么一个你出现，只要你对我微微一笑，我就会和天地万物一起拥抱你。

3

爱饥渴：我辗转流浪于无数怀抱，只是想知道，你是众生中最适合我的吗？

饥渴，会影响我们的决断力。

小期是换恋爱对象很高频的人，也没有故意玩弄别人感情的想法，就是交往中觉得不合适、没感觉就分开再找，即便在世人认为的热恋期，心也依旧流离失所，没有归属感和安全感。

于是，不断地更换恋爱对象，不停地寻觅着新鲜的爱情，心还是空落落的，像是个填不满的黑洞。

这类人也很伤感："好像要很多很多爱，才能满足；好像要不停寻觅，才找得到心的栖息地。可是始终不满足，也不安心。"

渴望爱是人类的天然属性。但这些来者不拒、不挑不拣的感情，往往会带来伤害，加剧着我们的失望，消磨着我们的热情和期待。

最遗憾的，莫过于等到有一天你真正遇到最想与之相爱的人，可是你已然在过往的随意中疲倦虚老，爱不动了。甚至见人家美好鲜活，你自卑悔恨，觉得自己已经配不上对方了。

在迫切需要时，很容易饥不择食，来不及认真剖析自我是不是真的想要。

可是，这是对自己的不尊重，也是对对方的不尊重。

如刘瑜所写："当你推着购物车在爱情的超市里穿行的时候，再饥肠辘辘，也要有耐心。耐心是一种美德，其基本的道理就是，你的饥饿，不应该是让一个霉包子糟蹋你胃口的理由，也不能是你浪费一个好包子的理由。"

我始终觉得，我们一生所能付出和得到的爱都有额度，怎么舍得随意消耗，要留给最值得的人呀！

尊重爱，才能真正拥有爱。

不要让自己活在回过头的遗憾中。

希望有一天，我爱你不是因为需要，只是因为我想要你，并且，你也是。

亲密关系困境并非无救，当我们真诚坦然地面对真实的自己，尝试着有意识地去主动习得，完全可以提升爱的能力。

亲密关系困难症候群，也可以成为自如地徜徉在爱的海洋中的情感自由者，舒展、愉悦、安宁。

愿我们具备爱的能力，轻盈地爱与被爱，坦然地拥抱舒适的亲密关系，实现情感自由。

成长是雾里探花，云销雨霁是你。

爱是山重水复，柳暗花明是你。

希望早日习得爱的能力，能够及时坚定地拉住你朝我伸过来的手。

佳期未晚，不如相爱一场。

愿我们爱得广阔自由。

四、健康的亲子关系，是家庭幸福的关键

托尔斯泰《安娜·卡列尼娜》的开篇语很精辟：“幸福的家庭都是相似的，不幸的家庭各有各的不幸。”

亲子关系健康与否，关系着家庭的幸福指数。

想要避免以爱为名的伤害，维系家庭幸福，应当注意些什么？

1

弱化付出感。

付出感，是谋杀一切人类情感的凶手。在亲子关系中，消极影响尤甚。

很多时候，父母和子女之间的矛盾冲突爆发，往往都是付出感作祟。当亲子之间意见不同时，父母往往委屈，觉得“我都是为你好，你还不领情”，各种吐苦水、抱怨的话可以归根结底为一种思想：“我为你付出了这么多，所以你一定要听我的。”

诚然，大多数父母都是爱孩子的，哺育抚养孩子是非常辛苦的。于是，父母们往往察觉不到自己过多强调付出感的负面影响。当然，也存在子女为父母付出，善

意要求过多而不被理解。

过多地强调付出，就像是一种情感绑架，每当一方不顺从另一方的意愿，就像是罪过，无论此意愿是否合理。

付出感，往往诱发着补偿心理。异常强烈的“付出感”，自然会想索要回报。由于双方都是独立的个体，有不同的思维和喜好，不存在附属关系，当特定的回报意愿得不到满足时，付出的一方便会伤心、委屈、愤怒，于是纷争不断。

一方沉湎于自我牺牲式的付出中自我感动，无法自拔，只会给双方带来更深层的痛苦，越爱越疼。

弱化付出感，真正爱一个人，是想让他舒适快乐，而非情感折磨。

2

强化边界感。

心理学大师海灵格说：“幸福的家庭，都有一个共同点：家里没有控制欲很强的人。”

中国式家庭，往往容易出现边界感缺失的问题。

中国古代“三纲”中“父为子纲”的教育伦理观点下，子女没有独立人格。尽管时代变迁，旧式思想仍有残留，加之新一代孩子接受着更加民主的文化，难免激发家庭矛盾。

很多父母喜欢把自己的意愿强加在子女身上，有的是希望用自身经验避免子女走弯路，有的是希望子女能代替自己完成未尽的梦想，有的是纯粹满足自己迂腐固执的统治欲，有的是忽视关注自我而借此逃避孤独。

有这么一个例子：单亲妈妈和儿子相依为命，感情很深。儿子结婚后，母亲也习惯事事过问，代替小两口做决定。儿媳妇很生气，觉得自己不被尊重和接受；母亲很委屈，为你们劳累辛苦还被埋怨；儿子很头疼，母亲没错啊，老婆不懂感恩无理取闹怎么办。家里硝烟弥漫，争吵消磨了感情。这便是边界感缺失带来家庭问题的典型了。

父母在孩子身上或寻求存在感，或转嫁寄托自身想法意愿，过度干涉和控制，这体现了父母内心里并没意识到孩子是独立的个体。这对孩子成长不利，也影响亲子关系。

强化边界感，真正爱一个人，是让他自由地活成自己，而非束缚其如提线木偶。

3

夫妻关系高于亲子关系。

家庭中，如果亲子关系凌驾于夫妻关系之上，会出现两个最常见而难解的问题：一是糟糕的婆媳关系；二是严重的恋子情结。武志红老师对此有诸多论述，引人深思。

很多家庭，婆媳之间的冲突在于，婆婆觉得儿媳抢走了属于自己的儿子，儿媳觉得婆婆把自己当外人，若这个丈夫再是个拎不清的人，那这个家庭是很难和睦的。

更可怕的是，如果儿媳作为妻子没有得到丈夫足够的爱，当她成为母亲后，易在孩子身上寄托情感，孩子在沉甸甸的爱里可能不堪重负，孩子长大成家后又容易重演这样的矛盾。

如果婆婆心目中最重要的人是丈夫而非儿子，那么与儿子的分离就不至于愤怒痛苦。相反，她会为儿子找到爱人拥有新家庭而开心。

4

保持同理心，积极表达爱。

除却一些父母极度冷漠、恶毒、丧失伦理道德，甚至突破法律底线，在大多数家庭关系里，不善表达，不懂教育，缺乏沟通，重男轻女，偏心……或多或少，普遍存在。

对于大多数家庭，本质上，爱是初衷。无论在家庭里扮演什么角色，都要保持同理心，尽量去理解家人。

多一些体谅，少一些抱怨；多一些付出，少一些索取。

没有完美的原生家庭，父母也是第一次做父母。父母不当的表达方式容易给成长中的孩子带来伤害，但慢慢长大的孩子若始终纠结于过去，放大看伤害，不过是对自己的二次碾压。

或许，我们的长辈不懂得如何表达爱，羞于直接表达，习惯性把爱压抑在责骂和批评之下。可是，我们是新的一代，即便无法影响他们改变，也可以看开一点，以此为鉴，在我们自己对待亲密关系时，更积极、更包容、更科学，也更柔和。

家，是温暖的、舒适的、安宁的，是温柔相爱的地方呀。

以爱为名的伤害，最伤人心。

爱，是尊重，是共情，是快乐，是想一起抵御风雪、度过漫长岁月的意愿，而不是任何形式的控制、隐瞒、负担、情感绑架。

《圣经》中有一段话很动人："爱是恒久忍耐，又有恩慈；爱是不嫉妒，爱是不自夸，不张狂，不做害羞的事，不求自己的益处，不轻易发怒，不计算人的恶，不喜欢不义，只喜欢真理；凡事包容，凡事相信，凡事盼望，凡事忍耐；爱是永不止息。"

构筑幸福的家庭，从构建健康的亲子关系开始。

你明明深爱，何必面目狰狞？

五、最好的爱情：势均力敌，一起成为更好的自己

多年前，杨绛读到英国传记作家概括的最理想婚姻："我见到她之前，从未想到要结婚；我娶了她几十年，从未后悔娶她；也未想过要娶别的女人。"

杨绛把这段话念给钱锺书听，他当即回答："我和他一样。"

杨绛说："我也一样。"

灵魂伴侣，举案齐眉，有情人终成家眷，爱情最好的归宿莫过于此，实在让人羡慕。

不好的爱情，各有各的问题；好的爱情，大多有着共性。

爱是一种后天习得的能力。

亦舒说过：自爱，沉稳，而后爱人。

最好的爱情，是什么样子呢？

1

彼此独立。

英国心理学家唐纳德·温尼科特说："完美的相处关系是窝在爱人怀里孤独。"

我敢在你怀里孤独。这样一句话，说起来都几乎要热泪涌动。这是怎样深度的信任和情感，才能袒露的心声呀！

爱情里的独立，意味着：彼此携手，却不强行捆绑；彼此依赖，却不相互束缚；彼此亲密，却不强求极度透明。

这是尊重对方作为一个独立的个体，具备独立的人格，享有个体的自由，拥有自身的空间。

弗洛姆曾说："在一切爱的关系中，自由最重要。"

彼此独立，才能各自自由。

你看，氧气是人类赖以生存的必需要素，没有氧气我们会死亡，但在纯氧的环境下，人体各组织均不能承受，过多的氧会让人类在脂质过氧化过程中死亡。同样，缺乏爱的恋爱关系难以维系，但过于浓密的爱也易让人窒息。

因为自身没有足够的安全感，而想以爱情满足依赖和抚慰不安；因为自身害怕独处，便无法接受对方脱离自己独处。这样的爱情，就像是被勒住气管跑步，举步维艰。

生如逆旅，我们本能地渴望着归属感，但或许是天性中带着些许漂泊感，无可替代地需要一个私密的小小岛屿，收藏自己不愿公示的情与思。

《刺猬的爱情》提道："自由地选择孤独，或是全然地爱人和投入，两者都是我们渴望的能力。如何才能收起身上的刺，协调出既能爱人，又能独立的适当距离？"

过远，则疏离、冷漠；过近，则束缚、窒息。

我想，这个恰当距离便是舒婷笔下木棉树与橡树之间的距离。

这个刚刚好的距离，需要我们在爱的实践里探寻。

2

彼此珍视。

珍视，意味着坦然依赖、信任、珍惜、重视，给予彼此安全感。

那种认定是，不恋满目青山，眼里只有你。那种心安是，无论如何，你都会在。

我们期待着遇见这样的恋人，喜欢和合适，正好撞个满怀。

如果正好爱上天然的完美契合的人，那固然美好，可更多时候，很难有这样的好运气。比起不可求的天生一对，那些和我们的期待有些不一样，却甘愿捧上一颗真心的倾力陪伴，是人世更为温暖的存在。

彼此珍视，彼此都能在被爱中心安。

好的感情一定是双方都能得到足够的安全感。也许我们对彼此的想象完全不同，但我们全然接受真实的对方，并愿意不断调试，直到找到属于我们的最佳相处模式。没有不甘心，没有一味牺牲，有的是满满的珍惜和重视。

“想送你的人，东南西北都顺路；想和你吃饭的人，酸甜苦辣都合口。”忽然期待我们刚刚好的合适，但如果有那么一些不合适，我也愿意为你多做一些，来成全我们的合适。

这样的我们，无惧岁月变迁。当我们老了，你的脸上留下生活的痕迹，我的头发染上岁月的霜雪，我们窝在温馨的小屋里紧紧相拥，满足而幸福。看墙上的影子彼此深入、重叠，偷偷微笑。

3

势均力敌，三观相近，一起成长。

《简·爱》有言：“爱是一场博弈，必须保持永远与对方不分伯仲、势均力敌，才能长此以往地相依相惜。”

古往今来的爱情故事不胜枚举，那些好的感情，一定有着强大的生命力，足以在动荡的世道安营扎寨，繁衍生息。

生命力来自双方的势均力敌、三观相近、一起成长，这也是感情走得长远的内驱力。

相互珍视、陪伴、宠爱，也相互独立、尊重、成全。三观相近，兴趣相投，步调一致，并肩携手抵抗世事无常。

爱情里最好的状态，不是彼此束缚，不是一味牺牲，而是保持人格独立，彼此珍视，同心同向，一起更加热爱生活，更加积极，成长为更好的自己。

这样的爱情啊，是兵荒马乱后的安宁，风霜雪雨后的晴空，是棋逢对手，肝胆相照、风雨同舟。为你，我愿更爱这世界。

这样的爱情，如舒婷在《致橡树》中写：

你有你的铜枝铁干，
像刀，像剑，也像戟；
我有我红硕的花朵，
像沉重的叹息，
又像英勇的火炬。
我们分担寒潮、风雷、霹雳；
我们共享雾霭、流岚、虹霓。
仿佛永远分离，
却又终身相依。

赫尔曼·黑塞写：“如果有一天，我明白了什么是爱情，那一定是因为你。”

我期待着，我们早日相遇，当然，只要是你，晚一点也没关系。

我不想阅人无数，只想爱一个你，有来路也有归途。

你是霜雪严寒里的灿烂暖阳，你是孤烟荒漠上的清泉一湾，你是无边暗夜里的熠熠星光。路漫漫，暗夜深河，风雪嚣张，我一身单衫，踽踽独行，孜孜矻矻，然一路有你，便不孤寂。

我们同心同向，并肩前行，峥嵘岁月把坎坷踏平，庸常时光把生活点亮，经得起大风大浪，也能一起安享平淡。

愿你我遍历山川湖海，执手相笑，觉得人间值得。

六、当我足够好，终将遇见你

我想要不动声色地潋滟，

我想要走遍万水千山，

我想要看尽绝世风光，

我想要你。

1

橘子姑娘喜欢那个总坐在窗边的少年。

什么时候有了交集的呢？大概是大一报到时，少年是第一个和她打招呼的新同学，他接过她笨重的行李箱，眉眼弯弯地说："我帮你送去宿舍楼吧。"少年笑起来的时候，明媚温暖，就好像能看到一树一树的花开。后0来的很多个午后，橘子姑娘都会在远眺晴空时回忆起初见时的少年。

情不知所起，一往而深。橘子姑娘一直默默地关注着少年，她知道他是班干部，加入了校学生会，是各类竞赛达人，喜欢历史和军事，喜欢阅读和旅游，喜欢足球和音乐，喜欢巧克力和烤鱼……和少年不远不近的距离，却不知不觉间记住了关于他的好多事。听他喜欢的歌，看他提过的电影，恶补他喜欢的球队的相关信息……每天看到他会窃喜，偶尔和他长聊会傻乎乎地笑好几天。原来一旦开始在乎一个人，就会情不自禁地开始关注他的一切。

精彩的大学校园不断上演着一幕幕的青春故事。转眼一年过去了，寝室里的女孩们都一个个有了男朋友，有的分了又有了，只有橘子姑娘还是一个人。少年还是橘子心心念念的少年，可橘子却只是少年勉强能叫上名字的同学而已。寝室聚餐时，女孩们起哄："橘子，老实交代，有没有喜欢的人，我们帮你追，绝对没问题。你是多好的姑娘啊！"

橘子只是局促地抓抓衣角，羞涩地不停摇头，关于喜欢少年的这件事，怎么能说呢，这可是深藏内心的秘密呀。尽管在他皱眉的课间，橘子会鼓足勇气大声给周围同学讲笑话，眼角偷偷期待的只是少年一个人上扬的嘴角，可这一切都是秘而不宣的呀。即使是最大胆的时候，也不过是偷偷把“ZWF”三个字母涂画在雾气氤氲的窗上，看着太阳升起雾气消失，一切不留痕迹。

比起同龄苗条的女孩们，橘子姑娘个头较小，显得胖胖的，些许雀斑和痘印任性而调皮地定居其脸颊，加之一贯素面朝天，她并不属于好看的那一类。不过橘子素来乐观热心，人缘不错，平日言笑晏晏的也并不见其为外表而自卑。虽然也收获过玫瑰，可是总觉得自己不够好从未接受过。如今啊，大约是喜欢一个人了，所谓低到尘埃里，那些小小的自卑便无限放大。

“多好的姑娘”又能有多好呢？嗯，正直善良、积极乐观，确实是好姑娘。虽然不能以喜欢的人是否喜欢自己来判定自己好不好，可是既然他还不喜欢自己，就忍不住觉得自己不好。

如果自己足够好，那么初见时是不是可以勇敢大方地自我介绍，而不是忸怩羞涩地道谢完就躲开？如果自己足够好，是不是可以自信勇敢地在无数次聊天中表明心意，而不是百折千回后忧伤地把喜欢放在心底？

如果自己好一点，更好一点，也许他就会喜欢自己一点吧？

2

蜕变从来都是一个痛苦与喜悦并存的过程。

除了继续认真学习，橘子姑娘开始每天坚持运动，控制饮食，护理皮肤，阅读好书，关注公益，参加各类比赛……好像生活就这么安排得满满当当，忙碌却充实；也会遭遇很多困难，有客观存在挑战的，有主观存在怯懦的。所幸每遇不顺时，橘子姑娘都会努力去想办法面对。嗯，她是乐观的橘子姑娘，是想要变得更好的橘子姑娘啊！

哭过。

笑过。

失落过。

自暴自弃过。

在寂寥的深夜纠结过。

还有好多想去的地方没有抵达，还有好多想尝试的美食没有遇到，还有一声喜欢没有勇气说出口……每每想到还有那么多期待，就不忍心辜负自己。橘子姑娘抱了抱自己，默默地说，你可以更好。

期待的自己终会在流下的汗水里渐渐明晰。两三年过去，橘子姑娘体型瘦了很多，脸上的痘印也早已浅得几乎不可见，整洁的面容和没有负担的身材让橘子姑娘很是赏心悦目。奖学金、四六级证书、司法考试A本、科研大赛获奖……量化的荣誉一定程度上的确是一种证明和认可，收获了荣誉和经验之余，橘子的思维能力和气质也有很大提升，这些有形和无形的进步让橘子更加自信。自然，她也不时收获一些玫瑰。

时光匆匆，橘子也从小学妹变身大学姐。在同学们四处奔波投简历的毕业季，橘子放弃保研资格，考上了某中直机关的公务员。本来还有一家坐标上海的国企校招时也看中了橘子，不过橘子权衡后还是选择了这个见证自己4年大学时光的城市，选择了去新的平台发光发热。很巧的是，少年也考上了某中直机关的公务员，留在了北京。毕业典礼那天，橘子和少年均被评为优秀毕业生，两人并肩站在领奖台上时，橘子姑娘眼泪哗啦啦地就止不住了。

这是两人第一次那么近，那么近。不是指站位上的距离，而是感觉自己翻越千山万水终于可以和他在一个层次并肩而立。

谢谢自己的努力和坚持，也谢谢遇见你，让我想要成为更好的自己。

“橘子啊，突然发现你和我同样考编留北京了，好巧啊。好像4年都没怎么交流过呢，以后还请多多指教。”少年的声音像深山的清泉，一字一字敲打出新一轮的故事开端。

余光是你微微上扬的嘴角，为这，我已走过漫漫长路。

3

很多时候，有的人一直在你的视线里牢牢占据一个重要位置，可你却在他的目光流连之外。尽管很不公平，可是事实往往就是这样。也许因为他喜欢活泼可爱的，你却安静贤淑；或他喜欢优秀璀璨的，你却平凡无华；或他喜欢小巧玲珑的，你却健硕丰腴……并没有什么好抱怨的，毕竟我们每个人都喜欢自己看来美好的事物，不是吗？

穿不上好看的衣服，说明该运动和克制饮食了；过不了四六级，说明学习方法不合适或者根本不够努力；人多的场合忸怩拘束，说明该多参加各类合适的活动竞赛锻炼自己；言谈措辞不合时宜，说明该多阅读和学习礼仪了；不满意自己的形象姿容，可以学习穿着搭配和化妆护肤……我们明明都可以让自己更好呀，不是吗？

也许你也曾像橘子姑娘一样，过于放大自己的不足，因为自卑而从心底害怕和恐惧自己不值得被爱。小心翼翼地触碰，诚惶诚恐地试探，浅尝辄止地喜欢，然后一个人忧伤地等待下一轮朝阳。

亲爱的，忧伤的时候请抱一抱自己。然后记住，无论如何，我们都应该努力让自己好一点，再好一点，为那个人，更为未来美好的一切。只有当我们足够好，才有勇气和能力去争取和守护自己想要的。感情、学业、事业、机遇……方方面面都是如此。

不要担心，你想要的，岁月都会给你。在遇见之前，你只要努力就好，说不准哪天就遇到那个人，让你不想再一个人。

遇见更好的自己，拥抱更美的未来。

我期待诗意江南的黛瓦白墙，歌遍漠北的天苍地茫。

我期待秋雨红透南山，春风绿染北川。

我期待更好的自己，也期待你。

七、谁记得你年少的诗与风情

很久很久以后，我才意识到，这些年柔肠百转心有千千结的无法释怀，不是缘于那个少年，也不是因为那抹爱恋，我放不下的是那个小小的自己，我眷恋的只是那场远处有光的青春。

可是呀，我们终究不是滚滚时间长河里的游鱼，无法逆流而上。

从此以往，春花开尽秋月明，冬雪笑罢夏虫吟，我只能再一次暗自默念：

长路漫漫，总有些东西值得期待，向前走，不回头。

1

【我的青春在你的声音里悄然苏醒】

取名字真的是一件无比神圣而重要的事！当我再一次郁闷地加深对这个观念的认识，自然是又一次因为名字遭受了嘲笑。

“苏菲，你是不是还有姐妹叫七度空间，或者 ABC 什么的啊？哈哈哈……”前桌的男生课间转身阴阳怪气地大声问。都是青春期懵懂的少男少女，这一句玩笑瞬间引燃了全班的哄然大笑。

我涨红了脸，在难以承载的难堪之下，咬着嘴唇跑出了教室。

其实这不是第一次了，一般而言，绝大多数时候我已经可以在别人戏谑时以自嘲掩饰尴尬，可是今天还是仓皇而逃。

明明我什么都没有做错，明明是他们以我的名字取笑我。明明是他们不对，可是自己却不能生气，不然人家就会说你开不起玩笑。按理来说，应该大吼一声“不是我开不起玩笑，是你没有教养”，可是彼年 16 岁的我，还是个极其普通的女孩，笨嘴拙舌又有些敏感怯懦，面对众人暧昧的笑声还无力辩驳。

是的，我叫苏菲。最初妈妈取这个名字，不过缘于老一辈人说女孩子名字里带草字头好养活，谁曾想和某卫生巾品牌撞名，大人不能理解小孩的困扰加之改名字很麻烦，总之，青春期自此牢牢订上了一个尴尬的标签。

这一天，委屈至极的我躲在侧楼道的墙角兀自哭了起来。

“你是哪个班的小丫头，叫什么名字呀？别哭了，再哭就不漂亮了。”温润的声音像是午后阳光晒暖的泉水，叮咚流淌，润泽心灵的荒原。我仰起头，蒙眬的泪眼里，只见穿着白色卫衣的少年关切的目光。

“我、我……我叫苏菲……”大概是对“名字”这个词眼很是敏感了，我沮丧地回答。其实还有后知后觉想反驳的半句话“本来就不漂亮”，没有来得及说出来。

“菲，芳菲。很好听的名字啊，‘芳菲满、柳汀烟岛。波际红帏缥缈’，柳永词中写得很动人呢。”我惊愕地望着他，竟有人将我的名字解释得这样温柔好听。

“谢谢你。你叫什么名字呀？”我嘴笨却不木讷，对于这个少年的善意我有着深

深地感激，

“秦欢畅。《敦煌变文集》里‘九夏名花，遍池亭而照灼，足可消愁适闷，欢畅心神’的那个欢畅。”我的眼睛一眨不眨地看着他，真的是“可消愁适闷”的欢畅呀，心里的阴霾因你烟消云散。很久之后我试图形容那种感觉，大概就是惊艳吧，有才华又温柔的少年，多么美好呀！

我的青春，大概就是从这一天，在这个少年的声音里悄然醒来。

2

【你予我一抹笑容，我开始想要整个春天】

自从那场猝不及防却极其温暖的相遇后，我的目光开始追随我的少年。

“小菲好！看吧，你笑起来多好看啊！”楼道里偶尔迎面遇到，你总会笑容灿烂地和我打招呼，我抿着嘴唇微笑，心里却开心得不得了，足以欢喜一整天。

你比我高一级，是高二理科一班，你的教室在我们教室楼上一层的最左边，你的文章写得特别好，你看过很多书，你人缘很好，你总在下午放学后去北篮球场打球……有意无意地关注着关于你的各种消息，开始在课间装作散步的样子路过你的教室，在下午放学后绕路路过北篮球场再去食堂，尝试了解 NBA，也开始幻想下一次见面打招呼要怎么样多说几句话，那些不为外人知的小心思成为我 16 岁最大的秘密。

“菲菲，你怎么总往北篮球场去啊？难道是有喜欢的人啦？”同桌无意的一句玩笑倒是让我一惊。

“只是散散步就走远了。”我垂下眼帘淡淡地回答，手却不安地绞着衣角。

是喜欢吗？怎么敢贸然说及“喜欢”这个慎重的词呢？

只是，在我最最沮丧无助的时候，你的温柔和善良融化了我满心的委屈和怨愤，你认可了我的名字，你微笑着说我的名字有动人的出处，你给予了我肯定自己的勇气，让我愿意努力成为像你一样善良而有力量的模样。你像一束光，照进我灰暗青春期的裂缝。

于是，我情不自禁地想要靠近你，像靠近期待的自己，像夜空下对星辰的守望。

3

【你的温柔，缘于修养，无关爱情，我至今仍深深感激】

2012 年的夏天，你回学校来确认志愿，你来得很早，教务处还没开门，楼前树下背书的我恰好遇到了等候的你。

当然这个恰好也是由我的私心促成的，大概是想到也许以后可能再也见不到，我每天自习课间都跑来这个位置——前往教务处确认志愿必经之路处背书。

毕竟是你眼熟的学妹，毕竟你是如此的好性格，当我鼓起勇气叫你，我们很容易就开始了聊天。从艾弗森到喜欢的诗词歌赋，从旅行向往到闲情爱好，我们聊得很愉快。

“那个，你是想去哪个城市念大学啊？”我问道。

“上海吧。”你微笑。

“因为喜欢那里的学校吗？”我追问。

“嗯，除了喜欢和分数合适，还有我心动的女生也报的上海的缘故。”你腼腆一笑。

心动的女生吗？心里有些难以名状的怅然。终究还是笑着送上对学业爱情双丰收的祝福，毕竟看到你朝着美好的未来奔去的样子，我是真的很为你开心。

当然了，我是做过小女孩的梦的，比如会偷偷想，你的温柔和友好会不会是有一点点喜欢我。其实隐隐也明白，你的善意源自教养和修养，无关爱情，也无关我。今天正好是梦醒的时候了，对于遇见你，我仍是深深感激。

4

【道路未必平坦，我却坚信，前方必定有光】

次年我凭借努力考上了南京一所心仪的学校。在空闲的周末和假期，我乐于尝试不同的活动锻炼自己。

有一次去临近的中学见习时，课间听到有调皮的男孩取笑一个女生：“真奇怪，你那么胖居然还有勇气穿裙子来上学！”

我心里一紧，年少的孩子缺乏同理心的表达往往容易带来伤害，正想怎么措辞维护女孩时，被取笑的胖女孩气场十足地回道：“真奇怪，你那么刻薄没礼貌真不像读过书的。胖怎么了？没吃你家肉，没喝你家水吧？请学会尊重别人。”

我忍不住嘴角上扬，回答得真漂亮。不禁思绪翩翩，如果当年的自己也能这样自信伶俐，气场十足，又会怎样呢？

当然，无论如何还是很爱那年的自己，很想隔着经年的光阴给啜泣的自己一个拥抱。尽管脆弱过，无助过，但还是感谢自己勇敢地一路走来，踏实努力，能愈加坚强地面对外界的声音，倾听内心的声音。

早已不再畏惧那些有意无意或者好意恶意的闲言碎语，早已学会了自我安慰、自我鼓励，早已学会了勇敢地奔跑在路上。

也会偶尔想起那个给予自己光和热的少年，比如费城76人队为艾弗森的3号球衣举行退役仪式的那天，我就想起了曾经和少年聊起2000年的NBA总决赛。我那时已恶补NBA相关的各种资讯历史，说起艾弗森率领76人队在东部的比赛中艰难厮杀，说起直到面对强敌湖人队，却仍要倾尽全力战斗。

“明知最终会失败，却仍要拼尽全力战斗。所以我崇拜充满力量的艾弗森。”

“从出身卑微到光芒四射，他的成长史太励志。可是总忍不住想，看不到光，怎么走下去？”

“即使一路坎坷，也要坚信前方必定有光。走下去，才能看到，不是吗？”记得那个时候，少年的眼睛亮亮的，明媚了整个夏天。

嗯，是的，道路未必平坦，远方一定有光，我相信。

如果说我曾有什么愿望尘封在过去的时光的话，那就是想和你一起去看看那些你喜欢的诗文里描摹的大好河山。

从江南到塞北，看小桥流水、黛瓦白墙，看大漠孤烟、长河落日。

当然，没关系，这些地方我一个人也是要去的，也是能去的。

只是我想，如果和你一起，会很欢喜。

谢谢你年少的柔软和善意，谢谢你的温暖消融了我内心的冰凌，让我愿意愈加勇敢、毫无芥蒂地拥抱这辽阔的世界。

谢谢那段时光，或许单一，或许贫瘠，或许粗粝，却迸发着无限可能的生机。

因为有光，所以从不绝望。

谢谢亲爱的自己，谢谢你曾经那么努力，我会继续加油。

八、爱你坦诚真实，而非虚假完美

听闻你在爱里风声鹤唳，真想抱抱你。

1

“果汁，你说我穿哪条裙子更好看，白色、红色，还是粉色？头发扎丸子头还是卷一卷披着？口红涂豆沙红还是珊瑚橘……”

阿漓一边语如连珠发问，一边手忙脚乱对着镜子比画，翻箱倒柜找搭配，反复对比。从衣着到发型，从配饰到香水，从美甲到脱毛，阿漓穷尽招数，里里外外，从头到尾，仔仔细细，想要把自己收拾到最好看。

看到往常和我一样大大咧咧的女孩子，突然精心打扮且极度注重细节，难免目瞪口呆。良久，我才愣愣开口：“你这是要进宫选秀，选不上扔河里的那种吗？”

正容亢色的阿漓这才扑哧地笑了：“哈哈，你怎么这么可爱？我是要去看我异地的男友啦。”接着，她叹着气揉了揉眉头，把自己这番如临大敌严阵以待的原因和盘托出。

阿漓很紧张，害怕男友不喜欢不够完美的自己。他们长期异地，真正相处的时间很短，对彼此的认知存在太多因为接触不足导致的想象弥补。

每次见面，阿漓一点都不敢松懈，从妆容到言行，都小心翼翼，反复思量。

对于精心塑造的“人设”，阿漓内心很挣扎。一方面，她为男友喜欢“伪装的”自己而开心；另一方面，又觉得这像是骗来的爱情，她想以最真实的自己面对男友，又害怕男友失望、嫌弃、不喜欢。

“他甚至从来没见过素颜的我。怎么办？好担心他不喜欢真实的我。”

2

“如果他见过不刻意打扮的我，还会不会喜欢我？”

“如果他知道我的原生家庭很糟糕，还会不会接受我？”

“如果他知道我睡觉打呼噜磨牙，还愿不愿意和我在一起？”

…………

面对亲密关系，无数人心里都在偷偷揣测，那些不为对方所知的小毛病、小缺点，会不会成为彼此之间的阻碍。

我们内心里有太多隐秘的担忧，无法宣之于口，如“如果他看到了真实的、不完美的我，还会爱我吗？”

遇到喜欢的人时，拼命想要展示自己最好的一面以吸引对方，而内心深处又渴望着对方能全然地理解、接纳真实的自己。

这种矛盾心态下，有人如阿漓一样在甜蜜的爱情里偷偷忧虑着自己的“欺骗”，也有人如我一般没办法坦然地被爱。

基于不自信而衍生诸多思虑的本质，我们为爱负重，没有办法轻盈地接纳和经营亲密关系。

当我开始在意你，就像是心里放入了重重的铅块，铅块是你的模样，我负荷着这份沉重，步履迟缓，手足无措。

我懂事、通达、坚强，可以努力处理好各种麻烦，可是面对你，我不知所措。于是，很多时候，只好躲开那些炙热的真心和想要对自己敞开的胸膛。

总觉得，自己喜欢谁，就偏偏成为不了对方喜欢的样子。

3

任世间多少完美，也不及不完美的你珍贵。

亲密关系中，我们都想得到足够的安全感，这种安全感是来自对方反馈的信息：你坚定地爱着真实的我。

好的关系是张弛有度的，紧张源于在意，松弛来自彼此之间的深度理解、接纳、珍惜。

世界上没有完美的人，也很难有完全完美契合的两个人。我们要努力成为更好的自己，是为了实现自我价值，而不是说只有自己完美才值得被爱。

因为自己的不完美而惶惶不安，在爱情里战战兢兢，或是觉得自己不值得被爱而躲避心动的真情，多笨呀。

爱情的开始来自相互吸引，而长久的维系是基于综合的评判，舒服的感情最持久。

大概世间本不存在非谁不可的完美爱情，往往是你真的选择和某一个人相爱后，你们一起走过很多路，一起经历了无数故事，彼此了解而理解、接纳且依恋，慢慢生出一生一世的信念、不离不弃的决绝，命运的轨迹日渐交织缠绕，相互羁绊，你们才真正成为彼此生命中的唯一，成为无可替代。

当激情平复，爱的幻象散开，水落石出，你我赤诚相对，我们看到全然真实的彼此，胆怯与贪婪，自卑与自负，软肋与铠甲，即便我们都有着种种不够完美的不堪，却依然强烈地想要和对方紧紧相拥，想一起走下去。这，就是真爱呀。

坦诚地爱与被爱，意味着十足的真诚和信任，请珍惜。

4

终其一生，我们都期待着一个能真正相互看得见彼此的人。

诚如三毛在《雨季不再来》中所写："有时候，我多么希望能有一双睿智的眼睛能够看穿我，能够明白、了解我的一切，包括所有的斑斓和荒芜。"

你能看见我故作坚强的脆弱，我能看见你伪装完美的疲倦。我们懂得彼此笨拙的温柔、含蓄的深情。

我们爱得舒适自如，在坦然同行中一起遇见更美好、更值得被爱的自己。

那种坦然接纳且珍视真实的彼此的爱是什么样子呢？

如朱生豪与宋清如。潦倒夫妻，布衣蔬食，彼此懂得，自得其乐。他为她倾尽温柔，五百多封情书，一撇一捺全是她。她为他坚守人世，续译莎剧，完成遗愿。

"我一天一天明白你的平凡，同时却一天一天愈更深切地爱你。"

认定你就是答案，坦诚而笃定，验证留给时光。

"我爱你坦诚真实，而非虚假完美。"

“我也是。”

我们是彼此的，不可苛求且无法抗拒。

世界动荡，你在我身旁，就很心安。

九、管什么故事最后，爱一日有一日的温柔

玫瑰终会凋零，那它绽放有没有意义？

假若最后可能分离，是不是一开始就不要在一起？

1

难以置信地，香梨姑娘失恋了。

8 岁那年，刚刚搬家来到这里，香梨没有玩伴，每天放学都坐在门口羡慕地看着一群小孩嬉笑玩闹。小孩子哪里受得了孤单，那天坐在门口就开始稀里哗啦地哭起来，这时楼上粉雕玉琢的小小少年跑下来，伸出胖胖的小手，手心有一块焐热的桂花糕。“喏，分你桂花糕。你不要哭了，再哭就不漂亮了。”小小少年笑容明媚，声音温暖，“我是你的新邻居阿祯，以后我陪你玩。”自此形影相伴，两小无猜。

13 岁那年，香梨初一，阿祯初二。“不要怕数学，上课用心听讲、多做做题就没问题。”耐心讲解习题的阿祯一直鼓励着沮丧的香梨，接着又认真地说，“我们都要好好准备中考，以后才能考一个学校呀。”穿着白色卫衣的少年看起来乖乖巧巧，香梨抿着嘴微笑，能想到的以后也不过是一起上下学、吃遍大街小巷。

17 岁那年，香梨在全心全意奋笔疾书备战次年高考。同时期，阿祯历经高考、体测、政审、面试、体检的重重考验如愿考上西安一所军校。阿祯父母都有公务在外，去省会面试那天是香梨陪他去的，等到他神色明朗地出来，香梨递过水去，自己紧张得坐立不安的心才落了地。“看来你一直期待的从军梦触手可及了，真好。现在先做什么呢，吃饭还是去车站？”香梨欢欢喜喜地问。阿祯扬着嘴角：“想先和一个傻丫头说句话——等我穿上那身军装，就回来娶你做我的新娘。”

18 岁那年，香梨背上行囊远赴厦门求学。国庆长假时，阿祯说战备要训练没有假，香梨打着“这个假期西安游客不多”这样漏洞百出的幌子决意去西安。从厦门到西安，1700 多千米，那时候直达车次还未开通，将近 40 个小时的车程，黄金周人流如织，香梨只抢到硬座票。第一次一个人远行，却是满满热忱义无反顾。陌生的城市，一路问询，风尘仆仆，还好找到了。看着校门后一身军装的阿祯，香梨走了神，还是目光澄澈，只是以前圆滚滚的模样却早已不见，黑了，结实了，军校的磨砺镌刻了几分刚毅，很是有几分小说里的感觉，“陌上人如玉，公子世无双”。

20 岁那年，阿祯暑假要封闭训练，香梨在厦门争取了一个大企业的一份实习工作。疲惫，压力，委屈……负能量爆棚的时候，他们在深夜里通过电话互相倾听倾诉，给出中肯的建议，鼓励逗乐，说说有趣的见闻。

可是呀，22 岁这年，他们还是分开了。

说不清何时情愫暗生，相识 14 年，在一起 3 年，本以为青梅竹马到白首成约是水到渠成的完满，却不曾想终究殊途各奔前程。

“香梨，每一段失败的感情都是一堂课。”室友试图安慰这个失恋后就一直边流泪边安静听网课刷题准备 ACCA 考试的姑娘。

“为什么要说我们的感情失败，我们只是没有在一起。”香梨仰起脸，眼睛亮晶晶的，认真回应，“怎么能只是因为最终分开，就否定我们的曾经？”

2

是呀，哪里可以因为最后分手就轻率地判定一段感情失败？

高中的时候，日复一日、心无杂念、不知疲倦地背书刷题，那时候的动力很简单，只是想成为像阿祯一样优秀的人。确实高考取得了很高的分数，只是那年阿祯所在的军校在自己的省份不招女生，于是后来选择了像阿祯笑容一样明媚的厦门。

大学的时候，认真学习，努力考证，积极参加社会实践、志愿活动，可不只是为了好看的简历。尝试学习新的语言和乐器，尝试学习护肤美妆，尝试健身……是为了成为期待的自己，也是想要不卑不亢地和你并肩而立。

认认真真努力过，真心实意喜欢过，而今便可坦坦荡荡地告别。

没有彼此消耗，没有虚度年华，我们相互陪伴见证着各自成长蜕变、触碰梦想，怎么会是失败呢？我还是会努力、很努力地走下去，即使未来再没有期待的你。

这时光之美好在于，我不仅仅是遇见了你，还遇见了更好的自己。

3

什么是好的感情呢？

我们三观相同，也有各自的爱好和丰富的个人生活。

你知我笑点，我秒懂你的梗。

你包容我的小性子，我体贴你的小心事。

你知道我的坚持，我明白你的执着，你懂我的憧憬，我懂你的不甘，彼此陪伴而不依赖，彼此独立又相互支持，未必势均力敌，却是恰逢其时、棋逢对手。

无关空虚寂寞，无关游戏试探，无关消遣时间。

一路走来，学会了爱与被爱，收获了新的知识和技能，思维更活跃，格局更大，历经世事纷繁，我们一起努力，一起进步，一起走向了一个更大的世界。

即使因为主观客观种种缘故，最后没有在一起，但比起一些相互消磨、委曲求全的白头到老，这样的感情难道不是更好吗？

4

这世上有太多故事，或花好月圆或风流云散，或跌宕起伏或平淡无奇，悲欢离合，形形色色。

我向来是有俗念的姑娘，以前时常会忍不住想，有些故事的结局明明可以更好，比如：为什么不能勇敢地把心意说出口？为什么不能理性地调整情绪解决出现的问题？为什么说好要走到最后却还是放开了彼此的手？

现在渐渐明白，我们眼里所谓的完美结局未必是局中人想要的人生。感情不是人生的全部，有些放手未必是不再喜欢，可能只是我们的羁绊太多，只是我更喜欢自己，只是我还有其他义无反顾的东西。遇见时真心实意没有辜负，便是好。

《一代宗师》里，宫二小姐走时，递给叶问一颗黑色的棋子，说道："我在最好的时候遇到你，是我的运气，可惜我没时间了。说人生无悔，都是赌气的话，人生若无悔，那该多无趣啊。叶先生，说句真心话，我心里有过你，我把这话告诉你也没什么，喜欢人不犯法。就让你我的恩怨像盘棋一样，保留在那儿。你多保重，人生如棋，落子无悔。”

美好从来没有固定的模式。“破镜重圆”“白头偕老”的圆满幸福固然让人羡慕，“绿叶成荫”“人面桃花”那最后殊途的邂逅未尝不是幸运和佳话。

因为遇见过你，我会心怀温暖更加勇敢地去追寻浩瀚星海，谢谢，再见，也祝福你。

况且，未来的事，走下去才知道呀，“尽吾力而不能至者，可以无悔矣”。

就像，明知这一生终将走向死亡，我们更要好好活这一场。

或许彼此相遇，就是最美的经历。

或许彼此珍惜过，就是最好的结果。

管什么故事最后，爱一日有一日的温柔。

十、我敢随时热恋，亦敢此生孤老

“终其一生，寻寻觅觅，我们就是为了找到那个对的人吗？”

“不。终其一生，我们是要找到自己。爱情只是一个选项，而不是必选项。”

恋爱，只是一个选择。

愿你活得广阔自由，光风霁月，敢坦坦荡荡去爱，也敢大大方方释怀。

1

那些“不敢恋爱，又不想孤老”的人，后来怎样了？

晚晚二十七岁，生于西北小城，现坐标上海，容貌姣好，收入可观，单身三年有余。

夜幕低垂，加着班的晚晚从办公室的落地窗远远望去，陆家嘴夜景尽收眼底，灯火辉煌，美不胜收。夜色迷离，晚晚一阵恍惚，想到妈妈前日电话里说留在老家的发小已经当妈妈了。

在大城市，很多人这个年纪还在为立足而焦虑、努力，对婚恋年龄的恐慌也没那么强。可老家同龄的女孩子，大多早已结婚生子，身在老家的父母，催婚也从暗示转为了直言。

积极抵触相亲，消极等待爱情，转眼间，晚晚就这样单身了一年又一年。每每看到旁人秀恩爱，她都深深羡慕。渴望爱情的她，并不享受单身，隐隐害怕孤独终老，却又因工作繁忙缺乏精力、曾受情伤、害怕失望等因素，习惯性被动消极地对待感情。这种欲望和行动的矛盾，让晚晚时常失落伤怀。

那个不敢恋爱又不想孤老的女孩，像是戴上了枷锁，越来越不快乐。

2

情感自由是人生的高阶自由。

伊曼努尔·康德曾这样描述："自由不是让你想做什么就做什么，自由是教你不想做什么，就可以不做什么。"

财务自由的概念已然深入人心，而情感自由的观念还流于小众。

情感自由，便是指可以听从内心，怡然自在地选择自己想要的情感的状态。既能为关系发展付出，又不会过分委屈牺牲自己，能在维系好情感格局的健康平衡中，维持自身的舒适自如。

情感自由意味着独立的姿态和宽松的心境——我敢随时热恋，亦敢此生孤老。

什么是"敢"呢？有勇气去做选择，也有底气去面对随之而来的后果。

恋爱与否，嫁娶与否，孤老与否，都是人生的选择，不存在必然的好坏之分。情感自由的可贵，就在于能真正听从内心的声音，选择自己想要的活法。

当我们心智成熟，对于时间、空间、人生的可能性有充分的预期和估计，便能安享最甜蜜的，也能承受最苦涩的。

情感自由之时，我们既能倾尽所有去爱，也能做好爱而不得的准备，还能接受不去爱的后果。

3

我敢坦然爱你。

爱是一场勇敢者的博弈，你敢不敢以心涉险？

爱过与错过，哪个更遗憾？答案或许见仁见智，而一期一会的缘分之珍贵确是显而易见。

粗略一算，以活到 80 岁、平均每天遇见 1000 人、一生认识 3000 人为例，两个人相遇的概率大概是 0.00487，相识的概率大概是 0.0000005。那遇到心动的人的概率就更小了，甚至难以强求。

在落后封建的过去，很多珍贵的缘分因为种种阻碍擦肩而过，无疾而终。时代愈加开放包容，我们是更理智、更自主的一代人，与其消极期待，不如主动出击，能恋爱就恋爱。

也曾庸人自扰，画地为牢，总希望能等到自己肤色再白一点、身材再好一点、言行再优雅一点、能力再积淀一点……总之就是想要等更瘦更美更优秀一点，再刚刚好遇到对的你，靠近你。可是，人生不是按图索骥，有太多的偶然性和不可控，我们能把握的就是现在。

比起沉溺于对虚幻完美的祈盼，不如调整观念。在每一个现在，我们尽力以现在所能的最好的状态去活，就是刚刚好。

这世上，不可遇不可期的太多，可遇不可求的太多，可遇可求的已很难得，纵然求而不得，可以无憾矣。

畏手畏脚，前路难行；积极主动，才能看到生机。爱情里，同样如此。

王小波写："我是个俗气至顶的人，见山是山，见海是海，见花便是花。唯独见了你，云海开始翻涌，江潮开始澎湃，昆虫的小触须挠着全世界的痒。你无须开口，我和天地万物便通通奔向你。"

滚滚红尘，茫茫人海，生如逆旅单行道，一期一会不可轻。

"众生皆草木，唯你是青山。"

爱是天时地利人和的迷信，我不管不顾，不想错过你。

4

孤老亦可安乐。

生命的美好，在于很多东西，而不只是爱情。

烹饪和品尝美食，阅读有趣的书，聆听醉人的音乐，走向憧憬的远方，与知己秉烛夜谈……带着对生活的热爱和对世界的好奇，活得丰富而充实，同样会得到生命的回馈。这些饱满的快乐，无关爱情。

孤老并不可怖，如果你选择了，希望是你的主动选择，而非不得已而为之。奉上安乐孤老小贴士：

其一，储蓄财富。

物质基础是首要的生活保障。一方面，你要有创造财富和理财的能力，在年轻健康时储备应对未知的底气。另一方面，你的经济状况也往往影响家人对你所选择的生活方式的信心，如果能得到家人的支持总是会很快乐。

其二，抵御风险。

社会保障体系尚不健全，购买保险仍是规避风险的好途径。“人无远虑，必有近忧。”可以先多了解相关知识，配备必要的保险，无须过度购买。

其三，先体验独居一段时间。

一个人生活必须会处理许多生活琐事，有时你以为的、你想要的可能只是基于想象的判断，未必准确。在选择孤老前，不如先独居一段时间体验一下，看看自己是不是真的适应和喜欢。

其四，提高安全意识。

要保持和外界的正常联系，重视日常安全隐患，家中常备急救包和药物，保持健康自律的生活方式等。女性可以在阳台挂晒一两件男性的衣服。

其五，找好身后事代理人。

提前联系好代理人，商洽好各项事宜，才能无后事之忧。

能通过耐心有效的沟通，得到亲人朋友的理解、尊重、支持是最幸福的，如果孤老的想法得不到旁人的支持，只要是听从你自己内心的想法慎重做出的选择，就坚持。

一个灵魂想要深深拥抱另一个灵魂，艰难重重，无异于隔着万水千山，却甘愿孤身赤足穿越苍苍热土和茫茫冰原。

我喜欢你，便想与你一起看尽世间好风光，山河岁月，时间酿酒。为爱认定山海皆可平，愿意披荆斩棘走向你。可是，我不想勉强别人，也不愿委屈自己。所以，若我越陌度阡来到你心城外，你却躲在城中没开门出来迎我，我就只好自己远走。天地浩大，山河远阔，我怎么可能舍一生，等你一句有可能？

向往的远方，即便没有你，我一个人也要前往。

如果有一天，你看到我为你跋山涉水而来，请一定紧紧抱住我。倘若你不为所动，我会走掉，且不回头。

我敢坦然去爱与被爱，也敢孤身上路探寻生命的更多可能和精彩。

我敢随时热恋，亦敢此生孤老。

第五章　做自己的骑士

一、真正的安全感，只有你自己能给

缺乏安全感，是这个时代最常见的隐疾。

有人为生活焦虑不安，有人在爱情里患得患失，有人为健康忧虑紧张，有人为社会问题惶惶终日……

他们说："因为我没有安全感。"

1

我们仿佛进入了不安全时代，不安全感渗透到人生链的每一环和生活的每一处。

从国家制度、社会秩序、食品安全、环境问题和医疗教育等，到生活、爱情、健康和人际关系等，我们忧思不断，我们惴惴不安。

或处处设防，或故作淡然，或试图逃离，我们以各种方式寻求着安全感，竟有些像契诃夫在《装在套子里的人》里塑造的"套中人"。

适度的不安全感，以危机感给予我们紧迫感，倒逼我们提升解决问题的能力，对激励我们建设自我有一定的积极作用。

过度的不安全感，会干扰我们对自我价值的判断和理性思考，带来过多恐惧、焦虑与无望，衍生出无能为力的消极情绪，做出缺乏理智的决定，以至于活在失控状态。

2

心理学家马斯洛认为：心理的安全感是“一种从恐惧和焦虑中脱离出来的信心、安全和自由的感觉，特别是满足一个人现在（和将来）各种需要的感觉”。

我想，所谓安全感，是一种掌控感和确定感。意味着内心深处，对一切都有可掌控的确定而心安的平和。

一般而言，安全感分两类：一类是物质上的，另一类是精神上的。

安全感的来源，一是外界给予的安定感；二是对自身能力的信任感。

时局、社会和他人等外界因素，确实可以给我们带来安全感，但世事无常，一切都在不停地变化，沧海尚且会变桑田，终究难有永恒可依。

鸟儿立于枝头的安乐，不是来自对树枝坚韧的确定，而是对自身有翅膀可飞翔的笃定。即便树枝断裂，自可飞走，能有何不安？

真正可靠的安全感，只有你自己能给。

3

要有创造良好物质条件的能力。

简单说就是有很多钱，不如有挣很多钱的能力。

承认金钱的重要性，并不羞耻。我们努力学习、工作，现实层面很大程度上，就是为了能过上更好的生活。最基本的是保障生存，其次是追求生活，甚至是向往的生活。

当然，为了更快、更多地积累物质财富，有人选择了走捷径，或出售青春，或租赁肉体。可是，别人给你的，终究只是给你的这些。别人随时可以停止给予馈赠，你若只会接受，到那时如何自处？尤其是习惯性索取后，荒废了时光毫无能力，面对命运的无常将束手无策，岂不可怕？

培养职业能力，学习投资理财，增强不可替代的核心竞争力，才是上策。有“千金散尽还复来”的底气，才有在物质层面坚不可摧的安全感。

4

要有爱自己的能力。

曾误以为，感情中的安全感，来自对方坚定而长久的爱。确定对方无论如何不会离开自己，需要的时候对方都能在身边，才安心。

《小王子》里说：“如果你要驯服一个人，就要冒着掉眼泪的危险。”你爱上一个人，捧上真心，便要承受着真心被伤害、被辜负的风险。自此，你所有喜怒哀乐系于一人之身，患得患失，所以想反复确认对方爱不爱自己。

时时担心失去，便是缺乏安全感。

感情中的安全感，不是对方对你多好，而是不管他如何对你，甚至不管有没有他，你都有爱自己的能力，可以过好自己的生活，可以心安理得地被宠爱，也可以随时斩断错误的感情。

当你以更自信、独立、从容的心态面对爱情，便不至于患得患失而过度焦虑，不至于逼迫到对方窒息而谋杀了你们的感情。

夏宇《冬眠》中写：“我只不过为了储存足够的爱、足够的温柔和狡猾，以防万一，醒来就遇见你；我只不过为了储存足够的骄傲、足够的孤独和冷漠，以防万一，醒来你已离去。”

我爱你，我希望你也爱我，但即使你离开，我也可以承受。

5

要有预案意识。

预案意识，意味着居安思危，未雨绸缪，积谷防饥，有备无患。

沉溺在虚妄的恐惧中惶惶度日，不如把握好能把握的，尽最大的努力，做最坏的打算，坦然度日。

“我们唯一感到恐惧的就是恐惧本身，这种难以名状、失去理智和毫无道理的恐惧，麻痹人的意志，使人们不去进行必要的努力，它把人转退为进所需的种种努力化为泡影。”罗斯福 1933 年在总统就职演说中如是说。

我们恐惧方方面面不可控的意外和局面，但这些情绪本身并没有避免问题、改善局面的作用，反而会掀起内心的疾风恶浪。

我们可以选择思考问题更周全，准备更细致，以有效的行动降低不安全感。

提前订好下一周工作日的闹钟，手机随时保证满格的电，出门带好钥匙、钱包、手机和充电宝，出发前收拾好要带的东西，整整齐齐地放在触手可及的地方，夜晚避免一个人出门走偏路，在外面照看好自己的东西……

凡事想在前，便不至于慌慌乱乱。

真正的安全感，是构建自己的精神家园，从而免于灵魂的漂泊。

物质上充裕，精神上独立丰厚，思想上早有预案，又何惧无常？

愿你给予自己安全感，身安且心安，无论暖阳杨柳风，抑或霜雪暴风雨。

愿你日渐安宁且从容。

二、原生家庭之伤，到此为止

东野圭吾说：“谁都想生在好人家，可无法选择父母。发给你什么样的牌，你就只能尽量打好它。”

原生家庭只是我们一生的起点，在不断突破和成长的过程中，我们可以选择自己的方向。

现在就是自我重建的最佳时期，请勇敢地成为想要的自己。

1

“果汁，一个人的家庭就是他的宿命吗？”连翘姑娘幽幽地发问。

隔着屏幕看到这行字，我的心一紧，接着便看到她讲述了自己的故事。

连翘姑娘是在争吵、责备、抱怨中长大的孩子。外人看来和睦的三口之家，实则常常战火纷飞。父亲经商，重男轻女，又酗酒，酒后暴躁易怒，总是埋怨母女俩是扫把星，影响他的运气；母亲是全职太太，对父亲的坏脾气有时忍耐，有时争吵。

但两人思想都比较传统，始终没离婚。

小时候，母亲总是责骂连翘姑娘，比如吃饭慢、弄脏衣服、贪玩，也时常抱怨："要不是为了你，我早就离婚了。"尤其和父亲发生不愉快后，对待她更加急躁、愤怒和不满。

连翘姑娘经常哭着吃完饭，后来得了胃病吃了很长时间的药。性格上，她也变得胆怯、敏感和自卑，抵触婚姻，并暗自发誓一定不要嫁给父亲这样的人，不要重复母亲的路。

后来，连翘姑娘遇到一个很爱她的男人，脾气温和，烟酒不沾，他们结婚了，生了一个可爱的女儿。

婚后，丈夫言辞态度稍有差池，连翘姑娘就忍不住发脾气，那种担心被嫌弃、不被爱的恐惧和愤怒一点即燃，好脾气的丈夫也渐渐受不了，硝烟渐起。

不愉快的情绪淤积，看到三岁的女儿不听话、不好好吃饭等，连翘姑娘就忍不住生气斥责。看到孩子泪水涟涟地躲在窗帘后瑟瑟发抖，连翘姑娘一下子看到了当年躲在墙角都不敢大声哭的自己，内疚又无力地泪如雨下。

"果汁，你说，轮回的宿命可以改变吗？"

2

正视原生家庭，才能更好地理解自己、治愈自己、成全自我。

什么是原生家庭？

一般而言，我们一生中有两个家。一个是出生长大的家，有爸爸妈妈，也许还有兄弟姐妹。另一个是我们成年后新组建的家，有伴侣，也许还有孩子。我们把前者称为原生家庭。

生命发育的早期，确实对我们一生有着深远且重要的影响。

精神分析理论学说创始人弗洛伊德，在其人格发展理论中，特别强调婴幼儿期的经历和经验对人格形成和发展的重要作用，他认为，每个人都会经历五个发展阶段，不同阶段发展得顺利与否对以后的人格将有重大影响，特别是童年时代的欲望满足和挫折与人格形成发展的关系密切。

"原生家庭"一词流行后，无数"一切根源皆童年"的观点甚嚣尘上。

众说纷纭里，不能否认，原生家庭的伤害真实而普遍存在，多体现在对我们成年后性格、人格、情绪、价值观等的影响；但必须清醒，一味埋怨出身的无钱无势以致自己人生不顺，就是巨婴心态和不作为思想作祟了。

我认可原生家庭对我们一生的影响深远持久，但也相信这并不足以决定我们一生的走向和结局。

原生家庭，决定我们的起点，但未来的人生方向，由你选择；最后的抵达终点，由你决定。

3

放下过往，与自己和解。

是的，我不说原谅，只说放下。

我不认为一定要原谅，这是你个人选择的自由。大部分原生家庭的伤害，往往来自不恰当的教育方式、爱的表达、价值观念等，但本质上父母对孩子还是爱的。我们走出自己的小情绪、小世界，看得更深、更广阔后，能体谅原谅，是很好的。

毕竟，“父母一生都在等孩子感谢，孩子一生都在等父母道歉”，读来真是心酸。能打开心结，接纳和爱，真的很好。

但是，每个人的经历不同，我们不能基于自己的经历对别人道德绑架。要知道，世上也真的存在非常糟糕的原生家庭，父母过激的言行带来的伤害，吞噬着孩子的生命和希望。这样家庭中成长的孩子，请一定放下过往，无须原谅，你只要大步逃脱奔向自己的未来就好。

放下过去，与自己和解，拒绝自我折磨，不沉湎于过往的伤害，我们还有未来。

4

着眼未来，掌控自己的人生。

新生家庭的某些情景，或是特殊时间节点，会无意识地触碰回忆的开关，我们由此看到童年时的自己，瞬间，创伤的记忆便被激活了。

可是，亲爱的你，请一定提醒自己：原生家庭，随着父母的衰老已然远去，可我们的人生才刚刚启程。成长是一辈子的事，是我们自己的事。

问 问自己：我要时刻回忆伤害自我折磨吗？我要因为痛恨昨天的火山而错过明天的温泉吗？我对未来就没有期待吗？

无论如何，父母至少给予了我们一个机会，看看这世界。生命珍贵而脆弱，不要白白活一场。

我们看到的世界，是我们的认知对客观实际加过滤镜的投射。我们可以自动过滤掉那些阴影，关注那些美好的部分。

与其一味追溯童年、追责出身，不如挥刀斩思、放眼未来。

5

伤害到此为止，拒绝轮回重演。

当有一天，如果我们选择成为父母，请一定要记得：我们就是子女的原生家庭，我们在重新打造一个屋檐，我们可以积极而健康地拥抱下一代，过往的伤害可以就此终结，不再轮回。

张德芬在《重遇未知的自己》里说："凡是你抗拒的，都会持续。因为当你抗拒某件事或情绪时，你会聚焦在那情绪或事上，这样就被赋予了更多能量，它就变得更强大了。负面情绪就像黑暗无法驱赶，唯一能做的，就是带进光来。喜悦是消融负面情绪最好的光。"

放下过往，让所有伤害，到此为止；不再回头，把一切负累，抛在身后。说好啦，不许偷偷撕开伤口重复回忆，还有很多快乐等你拾起；不许停在过去哀怨恐惧，山高水长，你还要朝想要的未来奔去。

你是自己的救赎，也是自己的宿命。

爱和希望，永远存在，永不消亡。

三、丰盛独处，又何惧孤独

《夏目友人帐》中说：“我必须承认，生命中的大部分时光都是孤独的，努力成长是在孤独中可以做的最好的事。”

人，生而孤独。若你学会坦然独处，专注于丰盈自我，浮世清欢皆入心来，你终将意识到，孤独是生命的馈赠。

1

“果汁姐姐，长大必然孤独吗？”

18 岁的小学妹年年伤感地问我，继而深呼吸，像是鼓舞了勇气才开口：“我好害怕自己一个人呀。”

相约爬山的我们恰逢大雨，便至亭中暂避。亭外狂风骤雨，游人早已作鸟兽散，倾盆大雨模糊了世界的面容，好似茫茫天地间只余我二人于此。就着这样隔绝人声喧嚣的氛围，年年向我吐露了自己的伤感和困惑。

年年刚进入大学，新鲜感尚未退去，就感觉到强烈的孤独。

室友们每天都很忙，忙着社团、考证、交友、恋爱、科研、健身等各种事，或结伴，或单独。而年年一个人待在寝室不知道要做什么，她不喜欢热闹的社团，对一切活动都不积极，觉得自己与周围的环境格格不入，看着空落落的寝室心里挺不舒服的。

年年从来不敢一个人去食堂吃饭，总是偷偷打包带回寝室或请室友帮带，因为害怕别人看到她一个人而笑话她。

班级、老乡聚餐年年场场必去，她害怕别人说自己不合群，但热闹饭局结束后又是自己一个人，更感孤独。

年年觉得自己好失败，害怕不合群但又不喜社交，日子匆匆而自己一事无成，很不快乐。

2

“人，生而孤独。生命的本质便是孤独。”

我为年年拢了拢衣服，接着轻柔地回答她：“只不过是，年纪小的时候，不会多想，成群结队玩乐的热闹便掩盖了孤独的本质，长大后，我们各自远行，日渐与真实的世界短兵相接，才真正开始认识孤独。”

看着瘦削的年年环抱着自己蜷缩在石凳上，满脸落寞，我想起了很多面孔，那些曾在孤独中恐惧不安又努力理解适应，在挣扎与和解中日渐成长的人。

“我的室友们回宿舍后都在打游戏，我其实不太想，但最后也跟着打游戏。”

“周末大家都去谈恋爱了，一个人好寂寞，想快点找个恋爱对象。”

“同事们总是约着聚餐喝酒，不想显得自己不合群，才一起去。”

…………

你看，那强行合群的样子，好别扭，好孤独。

或是身在校园，或是初入职场，我们总是因担心“显得不合群”“害怕一个人”“寂寞”等，而不顾自己真实需求和意愿，为了“合群”而“合群”，或多或少做一些自己内心不那么想的选择。

可是，大家本来就性格、爱好、追求等各异，担心异样的眼光和言论，为了“安全”而待在大多数人里，总归是不够勇敢，也误解了独处。

3

独处，便是和自己相处。

独处是一种主动选择的生活状态，或长，或短，或间歇。这不等于不合群，也不等于不善交际、性格内向。

有人说得好：“待人友善是修养，独来独往是性格。”

熙熙攘攘的繁华都市，也有夜深人静的时候。饭局、酒局、K歌、团游等，总有人群四散时，一群人的狂欢未必能掩盖内心的空虚，热闹后的冷清反而更催生人的寂寞。

很多人抵触独处，努力想避免“看起来很孤独”的状态，害怕自己一个人，宁愿置身于无效社交、喧嚣人群，但其实低质量的合群并不能抚慰灵魂的孤寂，也不能成全你的期待。

与其藏身于声色犬马、歌舞升平来逃避孤独，不如坦然学会独处，来享受孤独。

每个生命都是独立而鲜活的个体，必然有独处的时候。且如蒋勋所言："没有与自己独处的经验，不会懂得和别人相处。"

独处，意味着面对自己和面对孤独，而这一切，并不可怕，甚至美好。尤其在我们日渐成长中，社会属性愈加明显，身上背负的责任、期许、扮演的角色越来越多，便越沉重和不自由。这时候的独处，绝对是成年人的奢侈。

或许，我们总期待着外面的世界，挣扎忙碌，想挤入那些看起来繁华绮丽的圈子，却难以收获内心的安宁和满足。其实我们更需要给自己一些时间，认识真实的自己，并爱上自己。

青山七惠写："世界不分内外的呀。这世界只有一个。"学会独处，坦然享受孤独，满世界都是你一个人的好天气。

4

独处亦清欢。

卡森·麦卡勒斯在《心是孤独的猎手》里说："孤独是绝对的，最深切的爱也无法改变人类最终极的孤独。绝望的孤独与其说是原罪，不如说是原罪的原罪。或许，经历绝对的孤独，才能体味人生的幸福。"

孤独是生命的底色。古往今来，谁又能剥离孤独？

李白写："花间一壶酒，独酌无相亲。"

柳宗元写："孤舟蓑笠翁，独钓寒江雪。"

杜甫写："飘飘何所似，天地一沙鸥。"

寥寥数字，清冷可见。但能坦然独处，愿意倾听自己的人，才能真正看到这个世界的纷繁。这些优秀的诗人因而创造了流传千古的佳作，一生也由此丰盈饱满。

在我很喜欢的书《夜航西飞》里，作者 Beryl Markham 写过这样的话："可能等你过完自己的一生，到最后却发现了解别人胜过了解你自己。你学会观察他人，但你从不观察自己，因为你在与孤独苦苦抗争。"史上最著名的女性飞行家之一的她，热爱飞行和赛马，在回忆里讲述了为热爱而活的一生，如此动人，如此迷人。

“年年，想一想你想做什么，学习和就业方面的，比如保研、考证等，兴趣爱好方面的，比如摄影、看书等，列下来制订计划，然后开始行动。以后一个人的时候，提醒自己，这是最适合成为自己的时候啦。”我笑着抱了抱这个迷茫的小姑娘。

独处的时候，也是最好的增值期，可以毫无羁绊地全身心投入自己的热爱，这些扎实的努力，充实的时光，终会得到命运的馈赠。

忠于灵魂的坚持，很多时候都是孤独的，孑然一身上路走向未知，长路漫漫。可是，丰盛热烈地活过，才不枉此生。

你看，天地万物，日月星辰，都在温柔而安静地陪着你，不孤单，别害怕。世间之美，自可独赏。

不要逃避，不要恐惧，不要做自己的陌生人。

蒋勋在《孤独六讲》中说："孤独是生命圆满的开始。"

孤独啊，是自顾自奔涌的江，是星稀暗夜独醒的月亮，是一只蝴蝶飞向沧海时不回头的姿态，是千古诗人就着烈酒诉不尽的衷肠，是原始宗教里未曾阐释的光。

我们尽可以坦然独处，珍惜孤独，丰盈自我，圆满生命，用心倾听，安享一个人的好时光。

丰盛独处，便无惧孤独。

四、离别，是为了更好的重逢

人生是一场远行，成长注定是一场场离别。

佛家说："短短今生一面，前世多少香火缘。"缘起缘灭，缘聚缘散，往往半点不由人。

那些因缘而来的人，终有缘尽而别的时候。

米兰·昆德拉的《生活在别处》有言："这是一个流行离开的世界，但是我们都不擅长告别。"可是，仓促无声的分别，终究显得更潦草了。郑重告别，才稍得几分圆满。

今当别离，我会不回头地走下去，在此之前，我要认真告别："山水有相逢，望君多珍重。"

1

告别旧友，走向新途。

六月是盛大的离别季。从幼儿园、小学、初中到高中、大学、研究生，常规教育体系各阶段，我们都会经历离别。此外，还有活动结束、夏令营结营、搬家、转学、就业、离职、转业等，我们都很容易和无话不说的伙伴分开。

朝夕相伴的人，从这个节点开始，或将渐行渐远。我们不得不和熟悉的人、事分开，仓促间就被推到陌生的环境，难免伤感、孤独，夹杂着几分对未来的恐惧。

无奈的是，人生终究是一个人的远行，离别才是常态。

2017 年夏天，我大学毕业，经历了人生至此最有仪式感而最无憾的离别。平日嘻嘻哈哈的我们，都流了太多的眼泪。4 年来，一起摸爬滚打，一起热血拼搏，一起嬉笑玩乐，从军训、加训到集合、内务，从教学楼到训练场，从 2015 年 9・3 阅兵安保到 2016 年 G20 杭州峰会安保，我们曾以稚嫩的肩膀扛起藏蓝青春的担当，守护过盛世繁华的一隅，为万家灯火站岗，见证着彼此的成长。群像成为青春不可割舍的一部分。人生再也没有第二个这样的 4 年。

兄弟姐妹，一一相送，依依惜别，祝福和着眼泪融于拥抱。校门口，区队一瓶酒，一人喝一口。说不出的千言万语终究也不过是反反复复的一句"一生平安"，挥挥手，不再回头。

自此，五湖四海，我们奔赴各自的命运。

今当别离，且陈三愿：一愿喜乐安康，二愿得偿所愿，三愿此去鹏程万里、来日可相见。

2

告别旧情，接纳新人。

旧爱终究是过去式，停留在过去就无法拥抱未来。莉莉和前男友分手 1 年了，却始终走不出来。她难以接受，热恋时信誓旦旦说要永远在一起，怎么会渐行渐远。陪伴时的甜蜜，争吵时的痛苦，时常在她脑海里交替重播。明明知道已经是历史了，心里却还总介意着，甚至还有些对异性类推的猜忌和抵触。再遇到喜欢自己的男孩，她明明也心动了，却预设太多阻碍，思虑过重，悲观地觉得爱情大多难得善终。反复回想前一段恋情失败的痛苦，无异于自我折磨。

放不下旧情，就没办法敞开心扉拥抱新的感情。即便遇到了和自己两情相悦的人，也很容易伤人伤己，徒增遗憾。

听闻你心里有座城，藏着旧时人。我远远的只是看见，便已经不想再走近你了。我可以尊重和理解你的深情，但是不会接受这样余情未了的恋人。

过去了的，就放下吧。那些过去的美好回忆，就此珍藏；那些心痛不堪，就此遗忘。

活在过去的人，是没有未来的。

错过的人，都不是对的人。海底月是天上月，眼前人是值得珍惜的人。

3

告别生命，认真生活。

第一次直面生与死这个命题，是在外公病重时。当时医院下了病危通知书，让家属做好心理准备。我从电话里听到这个消息时心里“咯噔”一下，口中只能机械地安慰妈妈“外公不会有事的”，内心深处，对直面死亡是抵触的。

我们一直忌讳谈论死亡，仿佛不谈论，死亡就不会发生。可是，死别的可能性和悲恸，并不会因为不提及就消失。

我们终究得面对亲友的离去，也得面对自己的离去。想要少留遗憾，对于前者，我们可以珍惜与其相伴的时刻，以及好好告别；对于后者，我们可以认真地走好每一步，凡事珍惜，凡事尽力。我们也只能如此。

死亡是一场无能为力的浩劫，我们能把握的不过是当下。珍惜，达观，而后豁然。

《神盾局特工》里有句话：“我总是想起热力学第一定理，宇宙中的能量不会被制造出来，也不会被毁灭。”死亡那一刻，我们身体里的每一分能量，都会化为其他事物的一部分，我们不再醒来，却也不会消逝。

在宇宙的维度中，生命终将以能量的方式循环。或许，那些我们挚爱的人和物，从不曾消失，只是变为另一种存在，以某种看不见的形式陪伴着我们，朝朝暮暮。或有一天，我们会以另一种形式，再次遇见。

如此想来，也是一种慰藉。

4

要多少年，我们才能将柔软的情感妥帖安放，足以从容应对离别？

我曾对直接表达依恋有着天生的羞耻感。我抗拒坦然表达不舍，却渴望对方能够看穿和懂得我的珍惜与不舍。

这种别扭而脆弱的情绪，在我意识到人生唯当下而已后，不药而愈。毕竟已经意识到无常才是人生的常态，口中的来日方长不可过多期许，珍惜眼前、认真告别才是上策。

“人会长大三次。第一次是在发现自己不是世界中心的时候。第二次是在发现即使再怎么努力，有些事终究还是令人无能为力的时候。第三次是在明知道有些事可能会无能为力，但还是会尽力争取的时候。”

小时候，爱说“永远”，时光流转间，才意识到我们都太渺小了，身不过八尺，生不过百年，无能为力的事太多，长相思多，长相守难，相遇多，离别更多。

山高水远，每个人都有自己的路要走，我们的轨迹只是相近、相交、相离，没有谁能永远陪着谁。

即便余生不见，仍感念与你相遇一场。

村上春树说过：“每个人都有属于自己的一片森林，也许我们从来不曾走过，但它一直在那里，总会在那里，迷失的人迷失了，相逢的人会再相逢。”

珍惜眼前，不问是劫是缘。

海子说：“我们最终都要远行，最终都要与稚嫩的自己告别，告别是通向成长的苦行之路。”

一场场伴随着阵痛的离别，是成长。

面对生命，最好的不舍是珍惜现在。面对离别，最好的应对是认真告别。

告别过去，才能走向未来。

哭也聚散，笑也生死，浮世万象本无常。

转眼西东，且道珍重，人生何处不相逢。

更好的我们，会在未来重逢。

五、克制生安乐，贪婪招灾祸

人生最扎实的安乐，来自克制还是放纵？

1

红烧排骨、糖醋鱼、玫瑰曲奇、辣子鸡……唇齿之间，滋味万千。在减脂的阶段，每一个控制饮食的日子，我都要和内心深处对高脂肪、高碳水美食的渴望大战三百回合，倒未必是饥肠辘辘，眼馋嘴馋已然难耐，夜晚尤甚。

清代王永彬在《围炉夜话》中说："人品之不高，总为一利字看不破；学业之不进，总为一懒字丢不开。"噫，我还可以补充："体脂之不减，总为一馋字忍不住。"

人生，大概是一场与欲望的博弈，漫长，复杂。

升职提拔在前，有人犹豫着要不要私行捷径；巨额财富在前，有人盘算着要不要铤而走险；佳人在侧，有人心动着要不要纵情一场……有多少欲望，就面临多少抉择。

金钱、权势、名利、美色、美酒、盛宴……天下熙熙攘攘，诱惑何其之多，那些影影绰绰的念想，或长或短，或明或暗，在心底抽枝发芽，扰人清梦。

红尘万象，世人奔忙，皆是欲望使然。欲望所系安乐与灾祸，我们能如何趋利避害？

2

欲望，指有意识想达成某种目的念头。

叔本华说："人生即欲望：当欲望得不到满足便痛苦，当欲望得到满足便无聊，人生如钟摆在痛苦与无聊之间摇摆。"

我们这一生，也不过是为欲求而碌碌。

很多人一提"欲望"二字，便如临大敌，视之为洪水猛兽，将种种人间恶果归因于上。

其实，欲望本身是自然的，它是一种意识，指导我们的实践，无所谓好与坏、善与恶。

我们要正确认识欲望的影响，不偏颇，不极端，才能理性对待。

一方面，欲望代表着渴求，它带来活力和动力，鼓舞着我们去争取、去创造、去获得，去一项项填满人生，是精神上的燃料。

另一方面，欲望带着潜在的巨大风险。不加以调控的欲望，就像没有束缚纵跃丛林的野兽，行有差池，便恶果累生，甚至覆水难收。

童话里，渔夫无意间放出了瓶子里的魔鬼，百般谋划，才把魔鬼再次封印在了瓶子里。倘若渔夫没有经受住魔鬼许诺各种荣华富贵实现愿望的诱惑，或者一时心软受其蒙蔽，就会成为魔鬼的囚徒，或许眼下得利，来日灾祸却难以避免，说不定还会命悬一线。

3

我们不能那么贪心啊。

对自身，不能贪婪。

如耶胡达·阿米亥之《人的一生》言："人的一生没有足够的时间去完成每一件事情。没有足够的空间去容纳每一个欲望。"

人生看似漫长，实则有限。就像我有一个大大的果盘，西瓜、甜橙、荔枝、樱桃、榴梿、红提……我都喜欢，但是我不可能把所有水果都装进来，装不下的。

文学、法学、天文学、心理学、物理学……都是深邃而有意思的学科；乐器、绘画、书法、舞蹈、散打……都是美好而有趣的爱好；烘焙、酿酒、茶艺、口译、摄影……都是丰富而可爱的技能。我们要活得广阔自由，去尝试生命的更多可能。

但是，时间和精力是有限的，我们无论怎样优化时间管理和精力管理，也只能尽可能更高效地去行动，终究能拥抱的只是部分。

如果你都想要却又拎不清，东奔奔，西跑跑，这个看看，那个摸摸，时光匆匆流淌，你什么也握不住。

对外界，不能贪婪。

追求更优质的生活，想要更高层次的人生，是无可厚非的，甚至应该鼓励，人人都保持这种长足追求和进步，我们的社会一定会发展得越来越好。

可是，有个成语叫“欲壑难填”，不是每个人每次都能把放出瓶子的魔鬼再关回去。你流连于五光十色的幻象，就很难心安地面对朴素的黑白。

有人早年上进，追求理想，后居高位要职，却在巨额财富、红颜佳人、权势许诺面前心猿意马把持不住，最终以身试法，落得晚节不保，铁窗孑然度余生。

有人早期温厚，体贴伴侣，疼爱孩子，后在柴米油盐的日常里疲惫倦怠，这时遇到看似美貌体贴充满新鲜感的异性，便感“恨不相逢未婚时”，喜新厌旧，见异思迁，最终抛家弃子奔赴“爱情”，却不想赴了一场骗局，人财两空孤独终老。

有人最初贫苦，资质不错却不愿去学技能，想要生活富足又怕苦怕累，这时看到别人致富便生歹意，想着不如“搏一搏单车变摩托”，偷抢逼诱黄赌毒，最后天网恢恢沦为囚徒，家中老父母哭瞎双眼。

如果你什么都想要而罔顾律法道德，突破底线原则，冷漠自私。天行有常，最终必然会付出惨重代价。

放纵欲望，如“由俭入奢”，易；收缩欲望，“由奢入俭”，难。

人世博弈，段位高下，结局云泥，很多时候不过是源于抉择前的一念之差。

4

千年前，老子在《道德经》中就给出提点：“少私寡欲。”

很多时候，我试图对内寻找某种兼容情怀与现实、安稳与逐利的世界观，足以指导我与欲望实现和谐、平衡的方法论，百思而不得明晰。

沧海拾珠，惊觉故人之睿智：克制，实乃大智慧。

减少私欲，适度克制欲望，是好好过一生的重要修为。

中医认为，人皆有“七情”，天然有之，并无好坏，过则伤身。过喜伤心、过怒伤肝、过悲伤肺、过忧伤脾、过恐伤肾、过惊伤胆。你看，即便是情绪，也需要克制，才利于健康。

叔本华认为，人是无数欲求的凝结，可是请记得，我们要做欲望的主人而不是奴隶。

或许控制不住心动，但是一定可以控制行动。不该走的路，就坚决不越雷池半步。

适度克制的生活方式像是极简主义。梭罗认为，人首要的必需品是食物、衣服、房子、燃料，其次是书，配上灯光、文具，其他东西基本都可简化掉。或许你和我一样，还是喜欢更丰富些的生活，但梭罗的理念我是认可的。

很多时候，我们不需要多余的东西，纷繁复杂的事物看似精美，往往会消磨我们的时间、钱财和精力，并且从更高层面重新审视会觉得这些可有可无。

适度克制的人生，看似清减，实则有着更扎实稳健的丰厚。丛林多陷阱，何必一时贪婪，误此终身。

5

曾深思过，人性在面临考验时，是有可能陷入沼泽沾染泥泞的，那么是不是有更好的方式来规避此困境呢？

或许是，远离诱惑。

读《淮南子·道应训》时有此悟。春秋五霸之一的楚庄王，有一次答应了参加令尹子佩的宴请。子佩在京台将宴席准备好后，却不见楚庄王。次日，子佩拜见时询问其不来赴宴的原因，楚庄王回答：“我原以为是简单的酒席，才爽快答应，不料你在京台摆下盛宴。京台这地方，向南可见料山，脚下正对着方皇之水，左边是长江，右边是淮河，在那样的好地方喝酒享乐，人会快活得忘记有一死的痛苦。像我这样德行浅薄的人，难以承受如此的快乐。我怕自己会沉迷于此，流连忘返，耽误治国大事，所以我改变初衷，不去赴宴。”

此事上，楚庄王有两点我很钦佩：一是保持清醒，主动远离诱惑；二是懂得权衡，果断改变决定。

拒绝诱惑确实挺艰难的，大智慧、大道理在我们没有狠狠摔过跤时，不那么容易被奉为圭臬坚定贯彻，这时候试图克制欲望，难度系数太大了，同时意味着风险也大。

降低风险最好的方式便是远离诱惑，很多时候我们是可以避免自己直面与欲望艰难撕扯的局面的。

改变决定比远离诱惑更加可贵，很多人在陷入泥淖前其实已经意识到了，可迫于抹不开面子、不好意思反悔等原因，没当机立断下定决心抽身回头，后来往往就再回不了头，终生懊悔。

在减脂阶段时，我知道自己贪吃，对芝士蛋糕、泡鲁达、烧豆腐之类的美食没有任何抵抗力，那我就直接远离烘焙店、超市、小吃街，卸载外卖、网购零食的APP，白天忙碌晚上早睡，尽量减少自己内心做斗争的机会。

毕竟，看到好吃的不买、买到好吃的不吃，实在太考验我的意志力了，何必为难自己徒增挣扎呢？行之有效。

你很难拒绝别人的邀约，可是又不想和他们纵情声色、沾染不良嗜好，那不如直接远离有这种喜好的朋友；你很难不玩手机熬夜，可是又想早睡，那不如提前关机不把手机带上床……

请相信，我们永远可以比欲望更强大。

要清醒，要自持。一时的快乐，未必是真正的快乐；眼前的利益，未必是长远的利益。

茨威格曾在《断头王后》中讲述了路易十六的妻子玛丽·安托瓦内特的故事，从贵为皇后到被推上断头台的一生。书中有这么一句话："当时她还很年轻，不知命运所馈赠的礼物，早已在暗中标明了价格。"若是放纵欲望，很多人生选择背后的代价，你虽然看不到，但一样要偿还。

懂得说"不"，懂得说"够"，进退得当，才是保全自己过好一生的底牌。

外无忧患，内无思虑，长安长乐。

执迷于锥刀之利，凿石索玉，何不如登高望远，尺枉寻直？

我洞见灵魂的蠢蠢欲动，也自警种种之可为与不可为。

我珍视心随欲动的鲜活，也慎待随之而来的疯狂。

我愿克制而安乐。

六、内心强大，才能遇见闪闪发光的自己

立春时节路过邮局，看到精致典雅的明信片，不禁心动，心血来潮要给自己写一张。提笔时反倒愣住了，期望那么多先写哪个好呢？正巧这时收到沙当当的微信消息，看到这个名字时，我心思一动，认真写下寄语："愿你内心强大，拥抱热气腾腾的生活，遇见闪闪发光的自己。"

1

明明是应该大人保护小孩的，可是大人们任性胡闹的时候，小孩子就只好穿上铠甲迅速成长为自己的骑士。

我和沙当当自幼相识，年龄相仿。起初我是嫉妒她的，她从小就是那种被长辈们交口称赞的典型的别人家的小孩——乖巧懂事分数高，德智体美样样好，穿着漂亮的裙子像个小公主。熟识以后，我那小孩式的嫉妒消失得无影无踪，取而代之的是满满的欣赏、钦佩，以及心疼。

沙当当生于小城的普通家庭。当时家里的老人宗族观念很重，重男轻女、传宗接代的思想根深蒂固。沙当当出生后，因为是女孩，母亲很受气，公婆不满、妯娌闲话。3 岁时，父亲的生意赔了钱，外借的钱一时要不回来，经济困窘诱发家庭矛盾。后来，父母离异，各自再婚，都生了孩了，沙当当感觉自己没有家了。亲生的父母各自忙于挣钱和关注幼子，对她疏于关注陪伴；继母、继父虽不刻薄，但是重心大都在自己的亲生孩子身上，待她温和却疏远。20 世纪 90 年代初的小城闭塞落后，传统而保守，人们对离婚这样的话题很敏感，茶余饭后闲言碎语不绝。

成长于这样的重组家庭，即便家庭条件越来越好，物质从不匮乏，可年幼的沙当当长期缺乏关爱和关注，一直隐隐有被抛弃的恐惧，渐渐寡言而胆怯。"家庭"是

沙当当绝口不提的话题，旁人或怜悯或嘲讽或无意的目光都会带来伤害，沉默是对自己的保护。

那个日光倾城的午后，16岁的沙当当和我坐在校园隐秘的角落谈心。我记得那个素来骄傲如白天鹅的姑娘靠在我肩上悠悠道："果汁，你总羡慕我像个小公主，我却羡慕你可以阳光简单。小时候，我努力做成绩好的乖小孩，不敢哭也不敢闹，总觉得只要自己再好一点，爷爷奶奶就会多喜欢我一点，爸爸妈妈就不会吵架离婚，我就还有家；后来呢，梦醒了，看着他们各自再婚，新家庭其乐融融，倒觉得自己多余，寄人篱下，看人脸色。乖巧懂事成绩好，只为取悦大人得到学费和生活费，屈辱又悲哀，所以我拼命学习从不敢松懈，不仅想证明女孩不比男孩差，更是想考得远远的，逃离这一切，活得自由独立。"

那时我忍不住哭得稀里哗啦，她只是笑笑，昂着头一字一顿说："我不是童话里的公主，有骑士守护，所以我要做自己的骑士，为了自己的憧憬，披荆斩棘，勇往直前。"声音清澈坚定，目光炯炯，"相信我，我一定可以。"

原来这些年，沙当当"优等生""小公主"等标签背后，一直躲着一个自卑敏感、缺乏爱和安全感的小女孩，所以她一直很努力，为了想要的未来栉风沐雨、坚定不移。是的，我相信你，即使那时还是少年时代，只因你是沙当当。

漂亮的姑娘让人目光流连，柔弱的姑娘让人心生怜惜，内心强大而又努力的姑娘必将闪闪发光。

2

记得自己高中时，第一次在随笔本上写起沙当当，开篇第一句就是："我不知道沙当当是否真的热爱生活，但我知道，生活热爱这样顽强的姑娘。"

考上远方的政法大学后，她仍旧积极努力，把时间安排得满满当当。刻苦学习，为英语六级和司法考试做准备，坚持阅读和运动，尝试学习各种技能，抓住零碎的时间写作。大学四年的寒暑假都独在异乡，在以赚钱为目的的兼职和以培养能力为目的的见习之间奔波。

也曾在选择时纠结彷徨，也曾在坚持中疲惫痛苦，也曾在异乡日暮时孤独无助，也曾遭遇冷嘲热讽，这些艰难的时刻对沙当当来说，就像闯关游戏中的关卡，她一路走来，矢志不改，越战越勇，破茧成蝶。每遇路口，沙当当认真权衡做好选择后，都会坚定地走下去，疲惫时暗自给自己鼓劲，以百倍的努力让自己的选择朝着好的方向发展。

毕业季匆匆而至，在很多同学还迷茫时，沙当当放弃了进入面试的国考机会，凭借名校学历、个人履历和出众的面试表现，与知名律师事务所签了合同。努力工作之余，沙当当坚持写作，向各大新媒体平台投稿。不过几年，本职工作的良好薪酬待遇，加上业余收入，沙当当的小日子过得有声有色。工作历练后，谈笑间，她也是人群中闪闪发光的姑娘，自信大方，谈吐不俗，气场十足。

想吃的美食、喜欢的裙子、向往的旅行……那么多美美地期待，都可以靠自己努力实现，这样一点一点拥抱自己期待的未来，真是一件很骄傲的事。

3

“我想要考 A 大的研究生，可是优秀又努力的人那么多，自己英语还不好，到底有没有希望？”

“我想要出一本自己的书，可是投稿那么多次一直被拒绝，自己要不要坚持写下去？”

“我想要先留在大城市打拼几年，可是一毕业爸妈就催我回家工作早日成家，我是不是要放弃自己的追求？”

…………

我们总是面临各种选择，关乎学业、事业、感情、婚姻、爱好等多方面，包括选择什么和选择以后是否坚持。

所谓命运，无非是由我们自己无数大大小小的选择在大时代背景的影响下刻画生成的轨迹。

你是不是也曾面临选择时纠结迟疑摇摆不定，坚持时彷徨忐忑踟蹰不前？

究其根本，是因为内心不够强大——缺乏做出选择的勇气，更缺乏坚持自己的选择的勇气，不敢面对选择后的后果和责任，缺乏让自己每一个选择都向好的方向发展的信心。我们的恐惧关乎两个方面，一是对内，我们对自己没有信心，对未知没有把握；二是对外，我们很容易受外界影响，瞻前顾后，他人的目光和言语对自己有重大干扰。

内心强大（strong will），指人的内心坚强，即强大的意志力，是人的一种心理素质，也指足够自信的大度、通达、坚韧，对未来充满希望。我想引用丰子恺《不宠无惊过一生》中的“不乱于心，不困于情。不畏将来，不念过往”，最是贴切。

其实对于未知的未来，很多时候，并不能说一个具体的选择绝对好或不好，因为往往是我们选择后的实际行动左右着这个选择朝着积极或消极的方向发展。我们能做的就是，切实理智地权衡后为自己做出决定，然后坚定不移，凭借积极努力让每个选择变得正确。此为对内，至于对外，须心态好。

昔日，寒山子问拾得曰：“世间有人谤我、欺我、辱我、笑我、轻我、贱我、恶我、骗我，如何处治乎？”拾得曰：“只是忍他、让他、由他、避他、耐他、敬他、不要理他，再待几年你且看他。”

若我们必须通过外界的评价才能证明自己，只说明我们的内心脆弱。唯有不再需要依赖外界对自己的评判，自己就能证明自己时，内心才是真正强大，真正无所畏惧。如此方可宠辱不惊，处之泰然，不论身外多少诱惑挫折，都心无旁骛，初心不改。

就像曾经怯懦敏感的沙当当，专注于自身的进步，勇敢努力，不浪费精力把自己局限于闲言碎语；就像传奇女性杰奎琳，从成为“第一夫人”到嫁给希腊船王再到成为一名编辑，她一生身体力行着“我生来并非为了支配别人或是忍辱负重，我的生活只关我自己的事”。

过于在意别人的嘲笑讽刺和流言蜚语，这无异于生活在别人的眼光和嘴巴里。怎能用别人的地图来找寻和衡量自己的坐标与征途？

“库克斯巴扎尔海滩的夕阳美到让人流泪，这一瞬我是那么爱那个内心强大勇往直前的自己。果汁，我开始期待下一场旅行，或许伊斯坦布尔，或许巴厘岛……真的，我相信只要足够努力，就一定可以一点点拥抱那个想要的未来和自己。”

沙当当的微信让我热泪盈眶，这个女孩身上那种蓬勃的生气如此动人，让人坚定地相信内心强大和矢志不渝的意义。

亲爱的，我想祝福你所有美好的期许都实现，可万事如意终究是难以苛求的奢望，所以我只愿你有足够强大的内心，足以面对未知的未来，无论明晦冷暖，无论风霜雪雨，心有所敬，心无所畏，勇往直前。

亲爱的，请相信，你想要的都在未来等你，等你满身风雨、热情洋溢地奔去。

愿你内心强大，拥抱热气腾腾的生活，遇见闪闪发光的自己。

七、让难熬时光，成就你光芒万丈

人生实苦，仍请你足够热忱。

1

“你说，人生的苦难有没有尽头？”

“你说，面对生活的万般刁难，我们凡夫俗子，是不是只能束手就擒？”

6年前，一个清冷的夜晚，我接到了旧识的语音电话。彼端的发问缓缓传来，低沉、疲倦、哀伤，夹杂着隐隐的啜泣声。

潇潇生于经济落后地方的农村家庭。早些年，交通不便，村里人几乎都依赖农务生存，重男轻女的思想普遍存在。

潇潇很小就开始跟着父母干农活、干家务，“穷人的孩子早当家”。可无论她多么懂事，依然逃不开父母的埋怨：“为什么你不是个男孩？”

后来母亲生了弟弟，家里的氛围却未缓和，父母隔三岔五吵架，母亲心情不好便开始指责她，就好像家庭的贫困、父母的不和、弟弟的哭闹、亲戚的隔阂都是她的错。可是，她还是一个孩子。渐渐长大的潇潇越发沉默。

“你是女孩，迟早要嫁人，家里还要抚养你弟弟，实在不容易……”高中时，潇潇想补习英语，遭到母亲拒绝。看到母亲给刚上小学的弟弟在县城里报了兴趣班，弟弟嚷嚷着不想去，潇潇失望中意识到，想要继续读书，只能靠自己了。

18岁，潇潇考上某专科学校，孤身背起行囊坐数十个小时的火车硬座报到，办理助学贷款，四处兼职打工，自此潇潇眼中只有拼命学习和拼命挣钱两件事。

23岁，潇潇专升本毕业，孤身在广东工作、兼职，深夜回到简陋狭小的合租屋内盘算着怎么规划能再省一点生活费，不敢逛街，不敢化妆，不敢恋爱。

24岁，父亲意外去世，弟弟刚上中学，亲戚市侩冷漠，母亲软弱胆怯，潇潇硬撑着操持大小事宜。在父亲下葬时，家门以"女的不能上山"为名阻止母亲和自己送父亲最后一程时，潇潇突然在某种意义上理解了母亲重男轻女的不得已，痛苦又心酸。

家里的经济重担落在了肩上，潇潇咬着牙孤身在深圳一边上班一边兼职，忙得脚不沾地。遇到两情相悦的人，却只能流着泪狠狠推开。

在那个加完班回到蜗居出租房的深夜，看到喜欢的人发来"既然喜欢我，为什么拒绝我"时，潇潇的隐秘痛苦喷薄而出，这才向我哭诉。

年少相识，我知她一路走得太不容易。

人生实苦。

2

寒霜清晨，天色未亮时偏远地区的小孩们就已背着书包走过了很远的山路。

寂寂深夜，忙碌了一天的年轻人终于加完班，来不及多想就疲倦得倒头大睡。

骄阳酷暑，送快递、外卖的小哥们奔跑穿梭在城市的大街小巷、商圈住宅。

冰天雪地，军人、警察、建筑工、清洁工等室外工作者们依旧坚守在各自的阵地。

我们忙碌奔波，我们焦虑疲倦。

俗世红尘，凡胎肉体，谁又能一生万事如意、顺风顺水？

苦难，大多来自三个方面：

其一，健康。肉体的不健康是带来苦难的主要原因之一。我们肉体的偶尔不适、重大疾病、意外受损、成瘾依赖、残疾缺陷以及逐渐衰弱等生理性问题，往往伴随着难以忍受的疼痛、失眠、恶心以及内心的自卑与恐惧。此外，亲友的生老病死同样会给我们带来痛苦的体验甚至艰难的处境。

其二，自身。我们的优柔寡断，导致纷扰麻烦；我们的懒惰懈怠，导致自己无能失望；我们违法犯罪，导致受到制裁……很多时候，我们野心、欲望、爱憎和资质、实力、心态的不匹配，往往造成后来的落差和困境。我们有意无意种下的前因，也会成为来日难以消除的业障。

其三，外界。我们生活在社会里，就必然会受到各种社会关系的影响。或人际关系上的情理困扰、社交障碍、沟通不畅、亲密关系经营问题等，或时代的不同机遇、挑战、物质基础、思想积淀等，或大自然的天文、地理、资源、灾害等。我们很容易因为外界而受苦受难。

谁人可避？

众生皆苦。

3

苦难不值得讴歌，战胜苦难过程中收获的成长才最珍贵。

幼年时听过一个故事：从前有座山，山上有座庙，庙前有块小石砖，庙里有尊小石佛。小石佛尊享香火叩拜，小石砖被香客日日踩踏。明明当年是同生同质的石头呀，怎么就差别那么大呢？采石雕琢，千刀万剐。小石佛心性坚韧，苦痛中顿悟，终得脱胎换骨之重生；小石砖胆怯脆弱，雕琢中逃避，于是俗世沉沦。

因为还有期待，因为值得更好，所以千难万险，也要坚持向前。

时隔6年，当初长夜痛哭的女孩，如今已拥抱了新生活。弟弟上了大学，懂得心疼姐姐，开始边工边读；老家也因政府乡村振兴计划发展起乡村旅游，母亲就近有了就业机会，空闲时还卖起小吃，家里基本不需要帮扶；常年节衣缩食攒钱的潇潇，在老家县里付了首付买了一小套房，月供负担也不重。依靠社会发展和自己的努力，潇潇初步实现了脱贫，多年对金钱的匮乏和紧张感渐渐松弛，这才开始敢和喜欢的人坦然相爱，步入婚姻。

生活的艰难永无止境，我们的成长也无休止。

罗曼·罗兰说："世界上只有一种真正的英雄主义，那就是在认清生活的真相后依然热爱生活。"

现实虽不是童话，但我们可以做自己的英雄，去拼去闯去奋斗，直到把生活折腾成想要的样子。

人生苦难重重，仍请你足够热忱。

人生是未尽的苦难。

坐以待毙不如绝地反击。生活向我们扔石头时，躲不开就把石头踩在脚下，垒砌高塔，看更远更美的风光。待到那时，所有受过的伤结成的疤，都会成为勇士的勋章。

难熬时光也请拼命成长，期待你栉风沐雨光芒万丈。

写给未来的自己：请在未来等我

亲爱的未来的你：

见字如晤。

夜雨敲窗。踩在 22 岁的尾巴上，我颇有些好奇，我的冗长的无尽的梦，纠结的矛盾的情绪，渺小的重大的秘密，关于未来，关于你。

“我会变成一个更好的人吗？”

“你会啊。”

一路走来，不知不觉中，蜕变，成长。

不安过、浮躁过、迷茫过、纠结过、哭泣过，也热血过、憧憬过、坚持过、幸运过。

这一生，跋山涉水，栉风沐雨，要历经多少，才能修得圆满？

关于人生，起承转合、悲欢顺逆，你大概已窥得几分真容，不如意之事或许十之八九。

你不要沮丧，不要害怕，还有那一二，就值得期待和奋斗。

曾在漫漫长夜，溃不成军丢盔弃甲；也要在晨光熹微时，重整旗鼓横刀立马。很多个难熬的时刻，想到未来的你，我便热血重涌，一腔孤勇。

我所有的野心勃勃，不过是想遇见更好的自己，遇见想要的未来。

当你觉得那么平淡时，早已有一些不寻常的东西在心底生根发芽。也许，是打破世俗的东西，也许是叫正义与血性的东西，也许是叫缘分与吸引的东西。

总之，你知道，这些寻常日子都不普通，它们是我们的一部分，是一期一会，是无可替代，每一天都值得珍视。

生而为人，不忍辜负，谋生亦谋爱。

任何时候，面对任何选择，你都要认真。做最好的努力，做最坏的打算，果敢，从容。

“尽吾志也而不能至者，可以无悔矣。”

多希望，你来日回首，能坚定，过往的每一个节点自己都不后悔。

白云苍狗，兴衰更迭，世事成书，书中自有红尘道场。

愿你游弋世间，识天地之大，晓人生之悲喜，看得清真假虚实，判得了利弊得失，不受驱于物欲，不迷失于浮华。不沉湎过往，不局限眼前，不畏惧将来。一花一木，一砖一瓦，也可见世界之丰富，可见宇宙之辽阔。

愿你好好爱自己，坦然爱与被爱，感恩生命的馈赠，珍惜时光的给予，看见并珍惜日常的温柔，感恩所有得到和遇见，对人真诚，对事热忱，传递温暖，待世界温柔。

你要健康生活，踏实工作，持续学习，多多读书，适度运动，继续修炼未来力。

变浅薄为渊博，拓狭隘为通达，平冲动为从容，清浊俗为风雅，包容温厚，丰盈热烈，明亮双眸盛得下这世界的辽阔。

“我与我周旋久，宁作我。”

见天地，见众生，见自己。

要保持独立，人格独立、经济独立、情感独立，不依附，不谄媚。

要珍惜生命，珍视时间，不负韶华，只争朝夕，把所有回不去的时光都酿成良辰美酒。

愿你能轻易品味生活的美好，也不惧于直面生活的琐碎。

愿与世界交手多年，初心不改，热忱依旧。

此心热忱笃定，何惧未知风雨？

我正义无反顾、满身风雨奔向你。希望你笑着给我拥抱，告诉我：长大真的很好，想要的都会得到。

很多向往的远方，很多期待的美食，很多美好的人，尚未相遇。

长路漫漫，未来永远值得期待。

请继续野蛮生长吧，勇敢，赤诚，笃定，温柔而有力量。

愿你活得广阔而自由。

当我足够好，终将遇见你。

我正在努力前行，请你继续加油。

请在未来等我。